우리 근대의 루저들

The way we were ... will be ..

우리 근대의
루저들

김병길 지음

필승아

내가 돈 백 원을 만들어볼 작정이다. 동무를 사랑하는
마음으로 네가 조력하여 주기 바란다. 또다시 탐정소설을
번역하여 보고 싶다. 그 외에는 다른 길이 없는 것이다. 허
니 네가 보던 중 아주 대중화되고 흥미 있는 걸로 한뒤 권
보내주기 바란다. 그러면 내 50일 이내로 번역해서 너의
손으로 가게 하여주마. 하거든 네가 적극 주선하여 돈으
로 바꿔서 보내다오.

당대 최고의 명창 박녹주를 향한 김유정의 짝사랑 연애편지
심부름을 하고, 거절의 의사를 위조한 편지로 다시 유정에게 전

했던 이가 안회남이란 필명으로 알려진 안필승이다. 유정은 죽기 열하루 전 그 필승에게 위의 서신을 띄웠다. 악화된 병세에 고향으로 내려간 유정은 '이글이글 끓는 명일(明日)의 희망'을 다지며 닭 삼십 마리를 고아 먹고 땅꾼을 사서 살모사와 구렁이를 십여 마리 달여 먹을 계획을 세웠다. 그러기 위해 돈이 필요했던 유정은 필승에게 일거리를 구해달라 청한 것이다. 죽음을 목전에 둔 상황에서 번역을 한다는 것이 병을 더치는 일임을 알면서도 유정은 병마와의 최후 담판이 고비에 이르렀다고 판단하여 그렇게 승부수를 던졌다. 유정은 이 편지에서 절박한 심정으로 "돈, 돈"을 연발한다. 그러면서 그런 자신의 모습이 슬픈 일이라 자조한다.

문단 데뷔 전 일본에 잠시 머물던 현덕은 막일을 나갔으나 흙 바구니를 지지 못하여 쓰러지고 쓰러지다가 결국 감독에게 쫓겨난 일이 있었다. 그날 울다 웃다 요도가와(淀川) 뚝을 홀로 걸으며 현덕은 자신의 몸이 그 일을 지탱해 갈 수 없음을 깨달았다. 그 쓰일 수 없는 몸으로 할 수 있는 최후의 한 가지 일로 동경해 오던 문학의 길을 밟아 보겠다고 결심한 그는 귀경했다. 이 가난한 청년을 문학의 세계로 이끈 이가 김유정이다. 유정의 권유로 문인이 되겠다는 뜻을 굳힌 현덕은 ≪조선일보≫ 신춘문예에 응모하여 소설가로 등단했다. 그 후 어느 날 현덕은 유정의 병이 극심해진 사실을 인편으로 듣고 놀란 마음에 황황히 뛰어가려 하나, 때마침 그의 아우가 과한 객혈로 정신을 잃고 눕는 바람에 붙들리고 만다. 현덕은 돈이 없어 약 한 첩 못 쓴 채 형으로서 이러지도 저러지도 못하고 동생을 우울히 지키고만 앉아 있는 자신의 처지를 유정에게 편지로 전했다. 편지를 받아든 유정은 "한편에는 아우가 누었고, 다른 한편에는 동무가 누었고, 이렇게 시급히 돈이 필요하건만 현덕에게는 왜 그리 없는 것이 많은지"라며 탄식했다. 그러면서 현덕에게 처세의 길을 열어 줄 수 없어 내치어 굴리더니 마침내는 주저앉히고야 만 세상을 한탄했다. 그리고 그 원망은 다시 "아 나에게 돈이 왜 없었든가"라는 절규로 이어졌다. 안타깝게도 유정은 필승으로부터 끝내 답장을 받지 못했다. 폐결핵이 초대한 죽음이 앞서 도착했기 때문이다. 유정의 마지막 곁을 지킨 이는 현덕이었다.

비단 김유정과 현덕만이 아니다. 우리 근대의 소설가들은 자칭 타칭 천재요 지식인이었지만, 그들의 최고 비기라 할 글쓰기가 밥벌이가 된 순간 이내 가난을 제2의 숙명으로 떠안아야 했다. 그림자처럼 잠시도 곁을 떠나지 않는 빈궁은 필연코 이들에게 질병을 선물했고, 드디어 그들의 무릎을 꺾어놓고야 말았다. 소설쟁이로 불린 그들은 얼어 죽어도 곁불은 쬐지 않는다는 앞선 시대의 문사(文士)로 더 이상 남을 수 없었다. 어디 그뿐인가. 사회주의의 세례를 받았던 이들 상당수는 전향이라는 이름으로 변절을 선언했고, 그 가운데 다수는 목숨을 부지하기 위해 부왜(附倭)를 넘어 친일의 길로 나섰다. 해방이 왔다고 달라진 것은 없었다. 이참에 좌우익으로 갈린 그들은 펜을 버리어 서로의 목줄을 겨누었다. 그리고 이내 각자의 피난처를 찾아 남과 북으로 흩어졌다. 그러나 한반도 어디에도 그들을 따뜻이 품을 줄 곳은 없었다. 결국은 두 세계 모두로부터 배척당했고 경계인으로 내쳐졌다. 자신이 목멘 글쓰기에 숨을 내놓고야 마는 루저(loser, 잉여인간)로서 그렇게 그들은 스스로 예비한 몰락의 수순을 밟아갔다. 한국의 근대소설사는 가히 이들 루저가 미리 쓴 공모의 종생기(終生記)나 다름이 없다.

우리 근대의 루저들이 남긴 그 유언장을 소설 나부랭이라 비아냥대는 듯한 환청에 숱하게 시달리면서도 이 책의 집필을 멈출 수 없었던 이유는 그들의 글쓰기가 생존을 위한 각혈과 각골의 기록이요, 정신의 고투이자 노동이었다는 사실을 목격했기 때문이다. 또한 이를 기억하지 않는 후세들에게 그들이 가질 억하심사를 차마 외면할 수 없었기 때문이다. 그렇게 붙들린 부채의식이 이 책의 자산이자 그 천기를 엿본 필자가 치르는 죗값일 터다.

한국전쟁의 와중에도 염상섭은 장편 『취우(驟雨)』(≪조선일보≫, 1952. 7~1953. 2.)의 연재를 완결지은 바 있다. 이 작품의 연재를 앞두고 그는 다음과 같은 소회를 밝혔다.

　　나는 이번 난리를 겪으면서 문득문득 머리에 떠오르
는 것은 썰물같이 밀려가는 피난민의 떼를 담배를 피우
며 손주 새끼와 태연 무심히 바라보는 노인의 얼굴과 강
아지의 우두커니 섰는 꼴이다. 길 이편에서는 소낙비가
쏟아지는데 마주 뵈는 건너편에서는 햇살이 쨍이 비추는
것을 눈이 부시게 바라보는 듯한 그런 느낌이다. 생각하
면 이런 큰 환란을 만난 뒤에 우리의 생각과 생활과 감정
에는 이와 같이 너무나 왕정 뛰게 얼룩이 진 것이 사실이
다. 그 얼룩을 그려보려는 것이다.

　　염상섭은 그처럼 난데없이 찾아든 동란을 소나기에, 그리고
그 후유증을 얼룩에 비유했다. 소설의 제목 '취우(驟雨)'는 노자의
『도덕경』의 한 구절, "사나운 바람은 아침 내내 부는 일이 없고,
소나기는 하루 종일 오는 일이 없다(故飄風不終朝 驟雨不終日)"에서
따온 것이다. 염상섭은 이 제목을 내걸어 미증유의 전쟁 역시 언
젠가는 지나가고야 말 소나기처럼 생의 한순간에 지나지 않는다
고 말한다. 하여 『취우』는 죽음이 문밖에 기다리고 있는 전시에
도 돈과 사랑을 향한 일상의 욕망이 평시와 다를 바 없이 활개 젓

는 현실을 이야기한다. 2019년 인류 역사상 최악의 재난이 될지도 모를 역병이 창궐했다. 한때의 소나기라 낙관하기엔 우리 모두 강 이편 불 한가운데 서 있다. 그러나 염상섭의 무심한 눈길을 스쳤던 것처럼 삶은 계속되고, 이 시간 역시 이내 지나간 미래가 될 것이다. 그날이 오기까지 과거의 소설을 읽는 일이 우리에게 정신의 면역력을 선사하리라.

경자년 가을,
나의 거짓에 상처 입은 모든 이에게 용서를 구하며
청파 교정에서 쓰다.

차례

책 머리에   4

첫째 매듭 | 최서해
두 번의 출가(出家)   15

둘째 매듭 | 홍명희
영웅이 때를 만들지 않고, 때가 영웅을 만든다!   29

셋째 매듭 | 한설야
인민을 위한 나라는 없다   47

넷째 매듭 | 심훈
남북의 통치자가 사랑한 소설   59

다섯째 매듭 | 백석
백석은 소설가였다   73

여섯째 매듭 | 이기영
오! 인간의 희비극이여!!   87

일곱째 매듭 | 김기진
어느 일루셔니스트(illusionist)의 방랑   101

여덟째 매듭 | 김정한

친일과 민족의 이분법 너머   117

아홉째 매듭 | 현덕

'노마'는 어른의 아버지   131

열째 매듭 | 채만식

"문송합니다!"   143

열한째 매듭 | 허준

사람은 모든 것을 다 잃어버리고 넋 하나를 얻는다   157

열둘째 매듭 | 김동리

왜 '순수문학'은 순수할 수 없는가?   173

열셋째 매듭 | 정비석

유한 매담의 키쓰를 허하라!   187

열넷째 매듭 | 황순원

'아벨'을 찾아서   201

이 책에서 다룬 주요 작품의 출전   214

우리 근대의
루저들

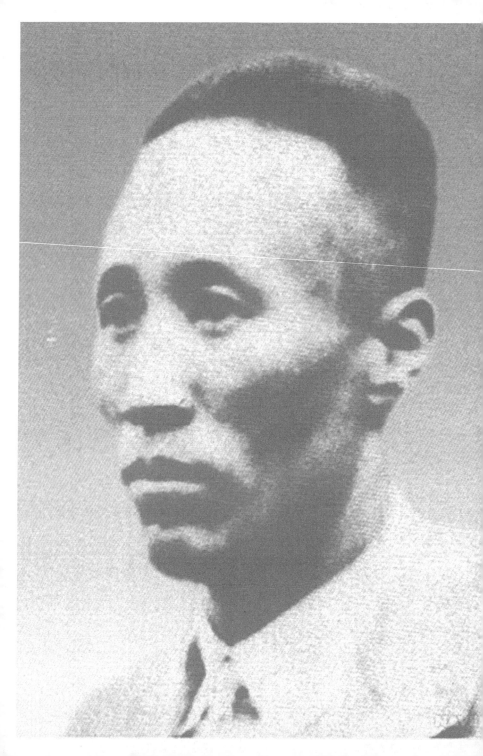

두 번의 출가(出家)

농사를 지어 배불리 먹고 농민들을 가르쳐 이상촌(理想村)을 건설하리라는 꿈을 안고 5년 전 '나'는 어머니와 아내를 데리고 살기 좋다는 간도 땅으로 갔다. 그러나 막상 도착한 간도는 노는 땅은 없고 중국인에게 소작인 노릇을 하려 해도 빚을 갚을 길이 막연한 곳이었다. 열심히 일해도 배고픔에서 헤어날 수 없는 현실에 '나'는 절망했다. 충실하게 살고자 노력할수록 세상은 되려 우리를 모욕하고 멸시하고 학대했다. 하여 '나'는 험악한 공기의 원류를 바로잡고자 어머니와 아내와 자식의 희생을 각오하고서 '××단'에 가담한다. 1925년 『조선문단』에 발표된 서해의 대표작 「탈출기」의 줄거리다.

이 「탈출기」에는 한국 근대소설사에서 잊힐 수 없는 다음의 장면이 등장한다.

한번은 이틀이나 굶고 일자리를 찾다가 집으로 들어가니 부엌 앞에서 아내가(아내는 이때 아이를 배어서 배가 남산만하였다) 무엇을 먹다가 깜짝 놀란다. 그리고 손에 쥐었던 것을 얼른 아궁이에 집어넣는다. 이때 불쾌한 감정이 내 가슴에 떠올랐다.

'……무얼 먹을까? 어디서 무엇을 얻었을까? 무엇이길래 어머니와 나 몰래 먹누? 아! 여편네란 그런 것이로구나! 아니 그러나 설마……. 그래도 무엇을 먹던데…….'

나는 이렇게 아내를 의심도 하고 원망도 하고 믿게도 생각하였다. 아내는 아무런 말없이 어색하게 머리를 숙이고 앉아서 씩씩하다가 밖으로 나간다. 그 얼굴은 좀 붉었다.

아내가 나간 뒤에 나는 아내가 먹다가 던진 것을 찾으려고 아궁이를 뒤지었다. 싸늘하게 식은 재를 막대기에 뒤져내니 벌건 것이 눈에 띄었다. 나는 그것을 집었다. 그것은 귤껍질이다. 거기엔 베먹은 잇자국이 났다. 귤껍질을 쥔 나의 손은 떨리고 잇자국을 보는 내 눈에는 눈물이 괴었다.

중고교 문학 교과서를 극적으로 장식한 위 장면과 함께 어김없이 언급되는 작품이 같은 해 같은 지면에 발표된 「박돌의 죽음」(『조선문단』, 1925. 5)이다.

| 서해 최학송과 그의 네 번째 아내. 시인 '조운'의 여동생으로 「탈출기」에
등장하는 아내의 실제 모델은 아니다.

　　가난한 집에서 아비 없이 자란 열두 살 소년 '박돌'은 뒷집에
서 버린 상한 고등어 대가리를 삶아 먹고 갑자기 배탈이 난다. 어
머니 '파충댁'은 '박돌'을 데리고 의원 '김초시'를 찾아가지만, 약
재료 부족을 핑계로 '김초시'는 매정하게 그들 모자를 내쫓는다.
그렇게 돌아온 '파충댁'에게 집주인은 쑥뜸을 시키라 권한다. 하
지만 '파충댁'의 노력과 간곡한 기원에도 '박돌'은 눈에 흰자위를
까뒤집은 채 죽고 만다. 이에 분노하여 '김초시'에게 다시 달려간
'파충댁'의 복수는 이러했다.

"응 이놈아!"

박돌 어미는 김초시의 상투를 휘어잡으며 그의 낯에 입을 대었다.

"에구! 사람이 죽소!"

방바닥에 덜컥 자빠지면서 부르짖는 김초시의 소리는 처량히 울렸다.

사내 몇 사람은 방으로 뛰어들어간다.

"이놈아! 내 박돌이를 불에 넣었으니 네 고기를 내가 씹겠다."

박돌 어미는 김초시의 가슴을 타고 앉아서 그의 낯을 물어뜯는다. 코, 입, 귀…… 검붉은 피는 두 사람의 온몸에 발리었다.

한편 「홍염」(『조선문단』, 1927. 1)의 주인공 '문서방'은 조선에서 소작하다가 서간도로 이주한 인물로 빚 때문에 중국인 지주 '인가'에게 딸을 빼앗긴다. 아내는 병이 나고 딸을 한 번만이라도 보고자 하는 아내의 소원을 위해 '문서방'은 '인가'에게 네 번씩이나 찾아가나 번번이 거절당한다. 그 원한으로 아내가 죽자 '인가'의 집에 불을 지르고서 '문서방'은 그를 죽인 후 딸을 되찾아온다. 「기아와 살육」(『조선문단』, 1925. 9)의 주인공 '정수'의 처지 역시 비참하다. 아내는 경련을 일으키고, 어머니는 머리 타래를 팔아 좁

쌀을 사오다 중국인 개에게 물어 뜯긴다. 결국은 수많은 마귀가 굶주린 어린 딸에게 달라붙는 환영에 빠져 '정수'는 식칼을 들고 아내와 노모를 차례로 내리찍고 밖으로 나가 닥치는 대로 찌르고 부수다가 중국인 경찰의 총에 맞는다.

| 서해의 데뷔작 「고국」이 게재된 잡지 『조선문단』 창간호 표지. 서해는 이 잡지에 「탈출기」를 비롯해 그의 대표작 「박돌의 죽음」, 「기아와 살육」 등을 발표했다.

젊은 날 서해는 실로 안 해 본 노릇이 없었다. 뱀잡이, 구들장이, 막벌이꾼, 공사판 십장, 나무장수, 두부장수 등등. 하지만 끝내 생활난을 견디지 못한 그는 초혼한 부인과 생이별하고 무장독립단에 입단했다. 「탈출기」의 결말은 바로 그 자전적 회고다. 스스로 탈가(脫家)라 칭한 서해의 첫 번째 출가였다. 독립단원이

된 서해는 총 맞아 죽은 동지를 지키려 얼음판에서 밤을 새우기도 했다. 그러다 이광수를 찾아와 작가의 길에 들어선 서해지만 제대로 된 문학 수업을 받은 적은 없다. 보통학교 3년 수학이 그가 받은 제도권 교육의 전부다. 장거리에서 구한 신구소설이나 잡지를 닥치는 대로 밤새워 읽은 것이 작가 훈련의 전부였다. 그러나 서해는 감히 그 어떤 작가도 넘볼 수 없는 창작의 자산을 스스로 쌓았다. 수없이 죽을 고비를 넘기고서 살아남은 간도에서의 시간이 그것이다. 이른바 신경향파 문학의 대표작가로 서해가 주목받은 데는 그의 소설이 관념의 프로파간다(propaganda)가 아닌 생생한 경험의 증언이었기 때문이다.

| 서해가 간도 땅으로 이주해 정착한 중국 연변 용정시 성동마을의 현재 전경.
　이곳이 「탈출기」의 무대다.

서해의 소설에서는 멸시, 탄식, 빈곤, 울음, 비통, 처참, 모욕, 학대, 비애, 분투, 홧김, 저주, 역증, 원통, 독기, 피, 죽음, 원한, 원혼 등의 어휘가 빈발한다. 이는 곧 '분노'로 집약된다. 한편 서해 소설의 주 무대인 서간도는 '빈궁'을 대변하는 공간이다. 그곳은 생활 곤란으로 와 있는 자, 남의 돈 지고 도망한 자, 남의 계집 빼가지고 온 자, 순사 다니다가 횡령한 자, 노름질하다가 쫓긴 자, 살인한 자, 의병 다니던 자 등등 별별 흉한 인사들이 모인 복마전(伏魔殿)이었다. 이와 같은 현실과 그 속의 인물들이 토해내는 분노를 인과관계로 엮는 방식이 곧 서해 소설의 이야기 문법이다.

오늘날 서해의 소설에 대해 학계에서는 흔히 전망의 부재와 사상의 빈곤을 지적한다. '전망의 부재'란 감당할 수 없는 외부 압력에 짓눌린 주인공들이 살인, 방화, 폭행, 호규(號叫) 등 충동적 발작적, 허무적 행위의 폭발과 함께 자기 파괴의 몸부림으로 끝장나고 마는 사태에 대한 불만이요, '사상의 빈곤'이란 현실적 비애의 궁극적인 원인을 해명하지 못한 채 맹목적이고 무의미한 주인공의 반항으로 이야기를 끝마치고 만 데 대한 비판이다. 작가 사후 반세기가 지난 시점에서 가해진 이 같은 혹평과 작가 당대의 호평을 동시에 불러일으킨 서해의 소설이 대중에 선사한 카타르시스는 무엇이었을까? "적다고 믿었던 자기의 힘이 철통같은 성벽을 무너뜨리고, 자기의 요구를 채울 때 사람은 무한한 기쁨과 충동을 받는다"는 「홍염」의 결말을 그 답으로 읽을 수 있을 터, 이 격정에 초연할 독자 몇이나 있(었)을까.

계급문학의 논리에서 보건대, 서해의 소설은 곧 신경향파 문학의 최대치이자 한계였다. 그러나 그의 작품에 들씌워진 외부의 정치적 기대를 거둬낸다면, 일찍이 한국문학사에서 그 어느 작가도 발 딛지 못한 세계에 대한 처절한 기록이었다는 데 이의를 달기 어렵다. 온갖 직업을 전전하며 유랑하다 마침내 조선인 독자들마저 크게 눈길 주지 않는 언문 소설을 쓰겠노라 가족까지 떨쳐놓고 간도에서 무작정 상경한 이가 서해 최학송이기 때문이다.

| 조선프롤레타리아예술가동맹, 약칭 카프(KAPF : Korea Artista Proleta Federatio) 문인들의 기념 촬영. 서해는 1925년 김기진의 권유로 카프에 가담했다가 1929년 총독부 기관지 ≪매일신보≫ 기자가 되면서 탈퇴했다.

이 글을 쓰면서 서해의 작품집을 다시 읽다 「혈혼(血痕)」이라는 제목의 서문이 유독 눈에 띄었다. 거기서 서해가 피를 토하며 뼈에 새긴 생의 철리(哲理) 한 토막과 우연히 마주쳤다. 오늘날 우리 사회 갈등을 예측하여 경계한 듯한 메시지로 읽어 봄 직하다.

"양심이 마비된 사람과 우상을 사람 이상으로 숭배하는 사람과는
사리를 의논할 수 없는 것이다"

"중놈들이 아니꼬와서 메다꼰고 왔노라"

서해가 춘원 이광수에게 전한 환속의 변이다. 밥 먹을 자리라도 주선해 달라고 무작정 상경하여 찾아온 최학송을 춘원은 양주 봉운사(奉雲寺)에 소개했다. 하지만 그렇게 출가한 서해는 두 달 만에 속세로 귀환하고 말았다. 1924년 작가로 출세할 결심에 노모와 처자를 남겨둔 채 홀로 상경했던 서해가 시도한 두 번째 출가는 그렇게 해프닝으로 끝났다.

함경북도 성진에서 빈농의 아들로 태어난 서해는 소학교 중퇴 후 간도로 가 굶주림과 병으로 구차하게 젊은 날을 보냈다. 후일 소설가로서 서해가 보낸 8여 년의 삶은 이때의 경험에 대한 소환이었다. 조국에서 살지 못하고 간도로 유랑한 사람들, 함경도 지방의 시골을 배경으로 무식한 노동자나 잡역부들, 그리고 잡지사 주변을 맴도는 문인들이 하나같이 겪는 빈궁이 곧 서해 소설의 시그니처(signature)가 된 내막이 이에 있다.

| 서해의 아들 최택이 북한의 잡지 『조국』 1985년 9월호에 발표한 글. 「생활의 결론」이란 제목의 이 글에서 최택은 아버지 최서해를 소설가로 회고한다.

작가가 되겠노라 다짐하며 만주를 떠나 경성에 온 서해는 이광수의 식객이 된다. 이후 서해는 방인근이 돈을 대고 이광수가 주재한 잡지 『조선문단』에 일자리를 얻는다. 하지만 겨우 입에 풀칠할 정도의 보수를 받았던 서해는 오뉴월 염천에도 땟국이 꾀죄죄 흐르는 겹옷을 입고 다녔다. 심지어 〈조선문단사〉가 재정난으로 문을 닫

고, 기자로 재취업한 ≪중외일보≫마저 경영난으로 폐간된 후에는 전업 인기 작가라는 세간의 평이 무색하게 굶기를 밥 먹듯 했다. 그 딱한 사정을 안 친구 이모가 우연히 길에서 만난 서해를 '태서관'으로 이끌어 스키야키를 샀다. 모처럼 음식다운 저녁을 먹고 난 서해는, "나는 이렇게 배부르게 잘 먹었지만 집에서는 식구들이 아침부터 굶고만 있으니……."라고 말끝을 흐리며 돈 1원을 청했다. 식사 대접받은 친구에게 일본어 소설 7권 값에도 못 미치는 돈을 부탁한 서해의 심정이 오죽했을까. 그렇듯 그가 비루한 일상을 견디며 누에실을 뽑듯 자아낸 소설을 공부하기 위해 사교육비로 수백만 원도 서슴지 않고 헌납하는 오늘의 세태를 본다면 기함하리라.

| 최서해의 묘지 제막식

잡지사 근무 시절에 서해는 사장의 외도 심부름을 했다. 동료

문인과 기생이 동침하는 방 윗목에서 죽은 듯 잠을 청한 적도 있다. 모두 가난 때문이었다. 그 굴욕을 견디다 못해서 꿰찬 자리가 총독부 기관지 《매일신보》 학예부장이다. 아니나 다를까 이념적 고고함에 사로잡혀 있던 카프 문인들은 이를 두고 매춘도 아닌 '매신(賣身)'이라 힐난했다. '매신'으로 불리던 《매일신보》에 몸을 팔았다고 비꼰 것이다. 결국 서해는 카프에서 내쫓겼다. 그러나 그 낙인을 대가로 얻은 경제적 안정은 그리 오래가지 못했다. 이듬해 서해는 위문 협착증으로 수술 중 사망한다. 최초의 문단장으로 치러진 그의 장례식에는 이광수, 김동인, 염상섭, 김기진, 김억, 방인근, 심훈, 박종화 등 당대 내로라하는 문인들이 대거 참석했다. 자동차 행렬이 4, 50대에 이를 만큼 성대하게 치러진 장례식은 늘 궁핍했던 서해의 삶을 조롱하는 듯, 위로하는 듯 아이러니했다. 약을 사서 아픈 동료를 찾아다니고, 가난한 동료 작가의 원고를 팔아주려 애썼던 서해의 인간애가 그렇듯 수많은 이들을 그의 주검 앞으로 불러 모은 것이다. 하지만 끝내 카프 문인은 그 누구도 나타나지 않았다.

영웅이 때를 만들지 않고,
때가 영웅을 만든다!

　　홍명희는『임꺽정』의 ≪조선일보≫ 2차 연재가 한창일
무렵 잡지『삼천리』와의 인터뷰에서 그 창작 의도를 다음과 같이
밝혔다.

　　다만 나는 이 소설을 처음 쓰기 시작할 때에 한가지
결심한 것이 있지요. 그것은 조선문학이라 하면 예전 것
은 거지반 지나문학(支那文學)의 영향을 많이 받아서 사건
이나 담기어진 정조(情調)들이 우리와 유리된 점이 많았고,
그리고 최근의 문학은 또 구미문학의 영향을 많이 받아
서 양취(洋臭)가 있는 터인데『임꺽정』만은 사건이나 인물
이나 묘사로나 정조로나 모두 남에게서는 옷 한 벌 빌려
입지 않고 순조선 거로 만들려고 하였습니다. 조선 정조
(朝鮮情調)에 일관된 작품 이것이 나의 목표였습니다.

위와 같은 출사표에 값하듯 역사소설 『임꺽정』 연재는 속칭 낙양의 지가를 올렸다. 그 인기가 어느 정도였는가를 가늠케 하는 일화가 있다. 1929년 『임꺽정』 1차 연재가 막바지에 이른 무렵 신간회 주최 제1차 민중대회 사건의 주모자로 지목되어 홍명희는 피검된다. 불가피하게 연재가 중단될 수밖에 없는 사정이 생긴 것이다. 이에 연재를 계속하게 해달라는 독자들의 탄원 편지가 총독부에 빗발쳤고, 결국 홍명희는 감옥에서 연재를 이어갔다.

| 『임꺽정』의 《조선일보》 연재 첫 회(1928. 11. 21).
처음 연재 제목은 '林巨正傳'이었다. 삽화는 만문만화가 석영 안석주가 맡았다.

『임꺽정』에 대중이 열광한 데는 비단 작품 내적인 자질 때문만은 아니었다. ≪조선일보≫는 이 작품의 연재에 앞서 '신강담(新講談)'이라는 타이틀을 내세워 대대적으로 광고했다. 폭넓은 독자층을 끌어들이기 위한 목적에서 『임거정전(林巨正傳)』이라는 제목 앞에 일본 '시대물(時代物)'을 본뜬 새로운 '강담(講談, 역사 강의 이야기)'이라는 의미의 표제를 내건 것이다. 이러한 홍보가 행해진 데는 신문사의 절박한 사정이 있었다. 1926년 이광수가 ≪동아일보≫에 『마의태자』를 연재하면서 역사소설은 신문연재소설의 기린아로 부상한다. 당시 독자 유인을 위해 ≪동아일보≫와 치열한 경쟁을 펼치던 ≪조선일보≫는 『마의태자』의 인기에 맞설 만한 대항마가 절실했다. 바로 그와 같은 상황에서 홍명희의 역사소설 『임꺽정』이 낙점된 것이다. 실제로 『임꺽정』의 연재가 개시된 같은 달 ≪동아일보≫는 이광수의 두 번째 장편 역사소설 『단종애사』의 연재를 단행했다. 말하자면 두 신문사의 치열한 독자 확보 경쟁이 『임꺽정』 Vs. 『단종애사』, 곧 홍명희와 이광수의 대리전 양상으로 전개된 것이다.

『임꺽정』은 역사 지식과 재미라는 독자의 요구를 충족시키기 위해 신문사가 고안해낸 대표적인 역사독물(歷史讀物)이었다. 작자 홍명희 역시 이를 의식하여 연재 시작 다음 해 모 잡지와의 인터뷰에서 광범한 각층의 인물을 독자로 하는 신문소설이 되도록 구상하고 표현에도 심혈을 기울였다고 회고한 바 있다. 이렇듯 일종의 상품 기사로 기획된 『임꺽정』은 《조선일보》 1928년 11월 21일 자에 첫 회가 게재된 이래 총 네 차례에 걸쳐 연재를 이어갔다. 1차 연재분의 제목은 '林巨正傳'이었다. 그러던 것이 1937년 4차 연재분부터는 '전(傳)'과 '강담(講談)' 대신 장편소설로 광고되고 '林巨正'이라는 제목 아래 연재되었다. 3차 연재 때에는 '화적임거정(火賊林巨正)'이란 표제가 내걸렸다. 1940년 5차 연재는 《조선일보》가 강제 폐간되면서 잡지 『조광(朝光)』으로 지면을 옮겨 이루어졌다. 그러나 「화적편(火賊編)」 마지막 일부는 끝내 연재되지 못했고, 『임꺽정』은 미완의 작품으로 남았다.

　《조선일보》의 간판 연재소설로서 『임꺽정』은 이미 많은 독자층을 확보했던 터라 연재 진행 중에 단행본으로 출간되기 시작했다. 1939년에 「의형제편(義兄弟篇)」 제1권과 제2권이, 1940년에 「화적편」을 상편과 중편으로 나눈 제3권과 제4권이 '조선일보사출판부'에서 간행된 것이다. 해방 후 을유문화사가 전 10권 간행을 기획하고 1948년 출간을 시작해 제6권까지 간행했으나, 홍명희의 월북으로 완간되지는 못했다. 한국전쟁 이후 남한에서 『임꺽정』은 오랫동안 금서 목록에 올라 대중의 시선에서는 공식적으로 사라졌다. 소설을 넘어 불온한 역사로 읽힐 위험한 텍스트로 권력가들의 눈 밖에 난 탓이다. 그 같은 풍진 세월을 겪는 와

중에도 『임꺽정』은 오늘날 이른바 '대하소설'이라 불리는 장편 역사소설의 원조(?) 격으로 숱한 창작의 전범이었다. 북한문학사에서 역사소설의 수작으로 꼽히는 박태원의 『갑오농민전쟁』, 그리고 남한에서 역사소설 붐을 일으킨 황석영의 『장길산』이 그 대표적인 적자들이다.

| 조선일보사출판부 간행 『임꺽정』 단행본

조선 후기 실학자 성호 이익은 조선의 3대 도적으로 '홍길동', '장길산', 그리고 '임꺽정'을 꼽았다. 이익은 이들을 대도(大盜)라 칭했지만, 그 이면에는 의적(義賊)이라는 시각이 담겨 있었다. 실제로 1562년(명종 17년)부터 무려 3년 이상 지속된 '임꺽정의

난'에 대해 『명종실록』은 위정자들의 가렴주구를 그 배경으로 기록하고 있다. 홍명희는 이에 근거하여 임꺽정을 소설로 소환한 것이다. 임꺽정과 그가 일으킨 난에 대한 홍명희의 역사적 평가는 대단히 호의적이었다.

> 림꺽정이란 녯날 봉건사회에서 가장 학대밧든 백정 계급의 한 인물이 아니엇슴니까. 그가 가슴에 차 넘치는 계급적○○의 불길을 품고 그때 사회에 대하여 반기를 든 것만 하여도 얼마나 장한 쾌거엿슴니까.

소설 『임꺽정』에는 작자의 투철한 계급의식이 반영되어 있다. 군이 게오르그 루카치가 제시한 서구 이론의 잣대를 끌어와 평하자면 리얼리즘 창작방법론에 부합하는 역사소설이라 할 것이다. 이 작품의 도입부가 연산조부터 명종 초까지 임꺽정의 출생 이전의 정치적 혼란상을 배경으로 삼고 있다는 사실에서도 그와 같은 목적의식성이 여실히 확인된다.

『임꺽정』은 삼부작 장편이다. '임꺽정'의 남다른 가계와 그의 성장을 그린 「봉단편(鳳丹編)」, 「피장편(皮匠編)」, 「양반편(兩班編)」이 1부라면, '박유복이', '곽오주', '길막봉이', '황청왕동이', '배돌석이', '이봉학이', '서림' 등 일곱 형제의 이름을 장 제목으로 내걸어 이들이 화적패에 가담하기까지의 사연과 '결의'를 써 내려간 「의형제편」이 2부다. 그리고 이들 화적패의 본격적인 활동상을 '청석골', '송악산', '소굴', '피리', '평산쌈', '자모산성'의 장으로 엮어낸 「화적편」이 3부에 해당한다. 이 중 특히 상경한 '임꺽정'의 외도와 그로 인한 가족과의 불화에서부터 송악산 단오굿 구경 간 두령들이 우연히 살인을 저지른 후 겪는 파란만장, 그리고 관군과 대적하며 벌이는 쫓고 쫓기는 추격전의 마지막 「화적편」은 긴박한 전개로 독자로 하여금 잠시도 눈을 뗄 수 없게 만든다. 이에는 자유자재한 손가락 마디 같은 토막 이야기들이 절묘하게 절합(節合)되어 있다. 가히 역사소설에서만 맛볼 수 있는 활극의 이 「화적편」은 『임꺽정』 전체를 놓고 볼 때도 단연 백미다. 「화적편」의 마지막 장 '자모산성'에서 화적패는 관군의 대대적인 토벌을 피해 자모산성으로 피난한다. 서사의 절정으로 치닫는 이 부분에서 아쉽게도 연재는 중단되었다. '임꺽정'이 관군에게 잡혀 최후를 맞는 장면이 끝내 쓰이지 못한 것이다.

『임꺽정』의 체제는 총 다섯 개의 편(編)과 그 아래 장(章)으로 이루어져 있다. 독립적인 이야기들을 한 데 다발 지은 이 양식은 전대 서사문학의 그것과 다르지 않다. 서구문학의 세례를 받은 여타 근대소설과 그 모태를 본시부터 달리한 글쓰기였던 것이다. 이 작품의 어느 장을 읽더라도 완결된 이야기 재미를 누릴 수 있는 이유가 이와 무관하지 않다. 하여 비록 미완에 그쳤다고는 하나, 그 사실이 곧 이 작품의 흠결이 되지는 않는다. 그것은 어디까지나 흥미진진한 이야기의 끝을 만나지 못한 독자의 아쉬움일 따름이다. 되려 미완성에 그친 이 작품은 결말이 열리게 됨으로써 독자에게 강한 여운을 남기는 의외의 효과를 거두고 있다.

『임꺽정』에는 백정 '임꺽정'을 필두로 다양한 직업의 하층민이 등장한다. 그들이 밥 먹고 옷 입는 것에서부터 부부간의 은밀한 정을 나누는 장면에 이르기까지 홍명희는 민중의 생활상을 파노라마로 펼쳐낸다. 이를 두고 일찍이 역사소설가 월탄 박종화는 조선 사람이라면 잊어버릴 수 없는 '구수한 조선 냄새'가 배어 있다는 말로 갈파했다. '임꺽정'이라는 작품 제목부터가 이러한 면모를 예고하듯 심상치 않다. 홍명희는 「피장편」에서 '꺽정'이란 이름의 유래를 밝힌다. '임꺽정'의 부모가 그를 낳고 백정의 아들로 살아갈 일이 걱정스러워 "걱정아, 걱정아"라고 부르던 것이 "꺽정"이가 되었다는 것이다. 한편 홍명희의 고향 괴산에서는 '꺽정이'가 매우 못생긴 민물고기의 이름이었다고 한다. 그가 주인공의 이름을 '꺽정'(걱정)이라 짓고, 한자로 '林巨正'이라 적은 데는 이러한 사연이 있었다. 계급혁명의 불길을 품고 당대 사회에 반기를 든 인물로 '임꺽정'을 불러세운 작자 홍명희의 역사의식은 이렇듯 이름 하나에도 온전히 배어 있다.

비단 우리말 인명뿐만이 아니라 오늘날의 독자들에게 이국적으로 들릴 만한 낱말과 표현들이 『임꺽정』에는 지천에 즐비하다. 특히 일본어 번역 투에 오염되지 않은 우리 입말의 전통을 고스란히 지켜내고 있어 연재 당시 이미 '조선말의 무진장한 노다지'라는 찬사를 받기도 했다. 이제는 소실된 우리말 원석 몇 개만 추려보아도 그와 같은 평가를 이내 수긍하게 된다.

- **선손 걸은** 사람이 누구인가?
  (선손 걸다: 먼저 손찌검을 하다.)
- 이눔이 나를 **씨까슬르지** 않나.
  (씨까스르다: '쓸까스르다'의 비표준어. 추어올렸다 낮추었다
     하면서 비위에 거슬리게 놀리다.)
- 너 같이 **뱀뱀이** 없는 눔은 생전 남의 짐이나 지구 다녔
  지 **별조** 없다.
  (뱀뱀이: 예의범절이나 도덕에 대한 교양, 별조: 어떻게 할 방법)
- **보름보기** 병신 하인을 무엇에 씁니까?
  (보름보기: '애꾸눈이'를 놀림조로 이르는 말)
- 제가 낮잠속이 **술명합니다.**
  (술명하다: 수수하고 걸맞다.)
- 색시가 사람이 얼마나 **슬금하우.**
  (슬금하다: 겉으로 보기에는 미련해 보이지만 속마음은 슬기롭
     고 너그럽다.)

- 여편네가 새벽부터 **들싼**을 놓았다.

  (들싸다: '들볶다'의 방언)

- 죽여달구 **지다위하러** 왔느냐?

  (지다위하다: 남에게 등을 대고 기대거나 떼를 쓰는 짓을 하다.)

『임껙정』에는 '임껙정'과 그의 도둑 형제들이 벌이는 사건들의 이음매로 숱한 민담과 전설이 주렁주렁하다. 관혼상제에서 세시풍속, 그리고 무속에 이르기까지 세세한 묘사가 이들 옛이야기에 생기를 불어넣는다. 그러나 이를 미덕이 아닌 근대소설로서의 결여로 평가하는 관점도 있었다. 연재 당시 비평가 임화는 세부묘사, 전형적 성격의 결여, 그 필연의 결과로서 플롯의 미약 등을 근거로 들며 『임껙정』을 세태소설로 평했다. 본격적인 역사소설이 아니라는 말이다. 리얼리즘 창작방법론에 입각한 임화의 시각대로라면 『임껙정』은 분명 서구의 근대 장편 역사소설에 견주어함량 미달일 수밖에 없는 작품이다. 실제로 『임껙정』은 망국사와 영웅담 중심의 동시대 역사소설과는 본시 그 결이 달랐다. 당대 최고의 역사소설가 이광수와 김동인이 감히 넘보지 못한, 시쳇말로 역사소설의 신세계를 연 작품이 『임껙정』인 것이다.

이 작품에는 예의 역사소설의 미화된 영웅이 등장하지 않는다. 의적이라고는 하나 '임껙정'은 말 그대로 화적패 두령들의 두

령일 뿐이다. 비범한 영웅이 아니라는 이야기다. 그뿐만이 아니다. 난세를 만나 난파하는 남녀의 애절한 사랑도, 그리고 그것이 삼각관계의 애정 갈등으로 번져 마침내 독자의 눈물을 쥐어짜는 그 흔한 신파도 이 작품에서는 만날 수 없다. "역사적 사실에서 테마를 잡아서 단편을 쓰되 시대 순서로 써 모으면 역사소설이라느니보다 소설 형식의 역사가 되려니, 일면으로는 민중적 역사도 되려니 생각했었소"라는 작자 홍명희의 말처럼『임꺽정』은 애초부터 역사소설 따위는 염두에 두지 않은 텍스트였다. 하여『임꺽정』은 역사소설이 아니라 차라리 한국문학사에만 존재하는 독보적 장르라 말함이 옳을성싶다.

| 조선민주주의인민공화국 초기 내각. 제1열 좌측부터 국가계획위원회 위원장 정준택, 부수상 겸 산업상 김책, 부수상 홍명희, 수상 김일성, 부수상 겸 외무상 박헌영, 민족보위상 최용건, 문화선전상 허정숙, 제2열 좌측에서 두 번째가 아나키스트 국가검열상 김원봉이다.

이참에 『임꺽정』을 다시 꺼내 읽고 난 후 갖게 된 의문은 그 것이었다. 그래서 도대체 '임꺽정'은 가렴주구의 권력이 만들어 낸 괴물인가, 아니면 지배계급과 맞짱 뜬 의적인가? 그도 아니라 면 시대가 감당하기 버거운 영웅이었는가? 조선민주주의인민공 화국 초기 내각이 한자리에 모여 찍은 사진 한 장, 부수상의 자격 으로 수상 김일성의 오른편에 선 인민복 차림의 노쇠한 홍명희 에게 이제 와 묻고 싶다. 해방의 감격과 함께 월경한 그 나라에서 당신은 진정 임꺽정의 환생을 보았는가? 그곳에는 때를 만든 영 웅이 있었는가?

2007년 송혜교 주연의 영화 〈황진이〉가 개봉되어 대중의 이목을 집중시켰다. 영화는 공식적으로 백만 관객을 조금 넘는 흥행 성적을 거두었다. 정작 이 영화가 주목받은 이유는 그 원작이 북한 소설가의 작품이라는 사실 때문이었다. 홍석중이 그 원작자였다.

| 장윤현 감독, 송혜교·유지태 주연의 2007년 작
  영화 〈황진이〉 포스터

홍석중은 2004년 역사소설 『황진이』로 제19회 '만해문학상'을 수상한 바 있다. 북한 작가로서는 최초 국내 문학상 수상이었다. 남한의 독자에게는 잘 알려지지 않았으나, 이 작품은 이미 북한 최고의 베스트셀

러였다. 이른바 '주체문학'의 틀을 과감히 벗어던진 게 흥행 요인이
었다니, 남한의 독자들로서는 쉬 상상이 가지 않을 일이다. 평론가
들은 북한문학에서 금기시된 노골적인 성애 장면을 맛깔난 우리말
로 빚어낸 데서 그 비결을 찾았다. 이 작품은 문학연구자들의 지대
한 관심에 힘입어 남한에서도 마침내 출간되었고, 북한의 생존 작가
에게 그 판권료가 지불된 첫 사례로 남았다.

| 홍석중의 역사소설 『황진이』의 북한판 표지(왼쪽 사진). 평양 문학예술출판사라는 출판사명
이 선명하다. 오른쪽 사진은 남한에서 대훈서적이 판권을 받아 발간한 『황진이』 표지

　　홍석중이 『황진이』를 창작한 것은 결코 우연이 아니었다. 그의
조부 홍명희는 『임꺽정』에서 비록 주인공은 아니나 '황진이'를 역사적
인물로 조명하고 있다. 『임꺽정』에서는 '서경덕'과 그의 벗 '심의', 그

리고 '황진이'가 한 방에서 동침하는 유희삼매(遊戲三昧)의 밀당이 흥미진진하게 펼쳐진다. 서경덕 못지않은 덕을 지닌 '심의'였으나, '진이'의 아름다움에 눈이 저절로 가는 것만은 어찌할 수 없었다. 이에 '진이'는 '심의'의 마음을 훔치듯 다음과 같은 말로 그 순간을 눙친다.

"비아야(非我也)라 모야(眸也)로다"

'내가 아니라, 눈동자가 그리 한 것이다' 이를 필자 마음대로 풀이하면, '나의 미모에 끌린 것이 어찌 당신의 죄이겠는가, 당신 눈에 비친 내 탓이로다'. 조부가 이렇게 그려낸 『임꺽정』 속 '황진이'와 달리 홍석중은 허구의 인물 '놈이'를 '진이'의 연인으로 내세워 계급적 시각이 투영된 역사소설 『황진이』를 창작했다. 조부와 손자 간의 문사 대물림이 '황진이'라는 유전자 끈으로 이어진 셈이다. 그 혈연의 가교가 고전 한역의 권위자였던 홍기문이었다는 사실은 그리 놀랄 만한 일이 아니다. 홍석중의 부친 홍기문은 식민시기 학계의 유명인사였다. 그는 해방 후 『삼국유사』와 같은 고전 번역 사업을 선도한 〈사서연역회(史書衍譯會)〉 회장을 역임했고, 국어학자로서 『조선문법연구』를 출간하기도 했다. 분단 이후에는 김일성대학 교수로 재직하면서 『향가해석』을 저술하고 『이조실록』 번역 사업을 총괄하는 등 괄목할 만한 학문적 업적을 남겼다.

홍기문과 홍명희는 부자 사이라고는 하나 나이 차가 불과 15세여서 벗이나 다름없었다. 홍명희는 한학의 전통에서 성장한 후 일본 유학을 통해 서구의 근대문학을 경험했다. 그의 소설가 수업은 이때 이루어졌다. 한일합방에 자결로서 거부 의사를 표한 부친 홍범식의 죽음에 당해 홍명희는 유학 생활을 중단하고 만주, 북경, 상해, 남양 등지를 떠돌며 사회주의자로서 이념적 지향을 굳혀갔다. 귀국 후 그는 〈신간회(新幹會)〉 부회장에 추대되었고, 해방과 함께 〈조선문학가동맹〉 중앙집행위원장을 맡았다. 북한 정권 수립 과정에서는 조선민주주의인민공화국 초대 부수상에 임명되기도 했다. 그의 월북이 과연 자발적인 선택이었나를 두고 의구심을 표하는 이들이 적지 않다. 그러나 홍명희의 행적을 조금만 자세히 살펴본다면 그와 같은 의문은 이내 해소된다. 그 결정적인 증거의 하나가 소설가로 그의 명성을 높인 역사소설 『임꺽정』이다. 이렇듯 삼대에 걸친 이 문사 집안의 가족사는 곧 한국 근현대사의 굴곡과 고스란히 맞물려 있다.

| 홍기문(왼쪽)과 홍석중(오른쪽) 부자

　　동경 유학 시절 홍기문은 재일 조선인 유학생들이 조직한 사회주의 운동단체 '일월회'와 '도쿄무산청년동맹회'에 가담해 활동했다. 1926년 귀국한 홍기문은 카프에 가입했고, 이듬해 결성된 〈신간회〉 운동에 부친 홍명희와 투신했다. 그 와중에 〈신간회〉 자매단체 〈근우회(槿友會)〉의 운동가였던 심은숙과 사랑에 빠져 본처를 버리고 새 가정을 꾸렸다.

인민을 위한 나라는 없다

한설야는 월북 이후 북한문학계에서 사실상 정점에 있
었던 인물이다. 그가 북한문학의 형성 과정에 끼친 영향은 가히
절대적이었다. 북한문학의 핵심이라 할 수령 형상화의 밑돌을
놓은 이가 한설야였기 대문이다. 그 기원에 해당하는 작품이 단
편소설 「혈로」다. 김일성의 항일무장투쟁을 그린 이 작품은 해방
이듬해인 1946년 발표되었다. 이후 여러 차례 개작되었다. 「혈
로」의 배경은 김일성이 '함경북도 6도시 진공계획'을 수립하는 과
정이다. 1937년 여름, 부대를 이끌고 압록강에 다다른 '김일성 장
군'은 추억에 잠긴다. 소학교 시절 동무들과 왜놈 수비 잡는 놀이
를 하던 일을 떠올리고, "굳세게 바른길로 인도해 주고 큰일에 생
각을 걸라"던 부친의 가르침을 또한 기억한다. 그리고 드디어 '김
장군'은 압록강 강가에서 낚시를 하며 함경도의 주요 도시로 진

공할 계획을 구상한다. 이후 소설은 '김일성 장군' 부대의 행군을 두고 "암흑 속에서 싹트는 한 개의 거룩한 광경"으로 묘사한 낭만 적 장면으로 마감된다. 이러한 결말에서 보듯 신비화와 허구적 우상화에 바쳐진 주체사상 확립 이후의 북한문학과 달리 한설야 는 「혈로」에서 김일성을 친밀한 인민의 벗으로 그려낸다. 해방기 북조선의 사회주의 국가 건설 과정에서 소련은 김일성을 최고지 도자로 지목했고, 북조선 인민들은 그를 민족의 영웅으로 인식했 다. 그와 같은 정치적 요구와 당대적 상황을 십분 반영하여 한설 야는 김일성 형상을 일궈냈던 것이다.

| 수령 형상화 문학의 초석을 놓은 것으로 평가되는 장편 『력사』의 표지. 1956년 조선작가동맹출판 사에서 간행되었다.

그렇듯 「혈로」는 오늘날 북한문학 의 시원에 해당하는 작품이다. 그런데 재미있는 사실은 이보다 앞서 김일성 의 항일무장투쟁을 암시한 작품이 창 작된 바 있다는 것이다. 북한문학사는 이를 정설로 기록하고 있다. 1930년대 리얼리즘 문학을 대표하는 장편 노동 소설 『황혼』(≪조선일보≫, 1936. 2. 5~10. 28.)이 그것이다. 익히 알려진 대로 한 설야의 대표작이다. 눈치 빠른 독자라 면, 이 같은 사연에 모종의 숨은 내막이

있다는 것을 알아챘을 것이다. 일제의 사상적 탄압이 극심해진 1930년대 후반 식민지 조선의 노동 현실과 노동자들의 조직적인 투쟁, 그리고 그 사이에서 고뇌하는 지식인을 그린 작품이 『황혼』이다. 친일 자본가와 노동자 사이의 대립이 이야기의 갈등 축인 이 작품의 줄거리는 이렇다.

| 1948년 영창서관에서 간행된 『황혼』 표지. 이 단행본은 《조선일보》 연재본을 그대로 출간한 것이었다.

파산지경에 이른 사장 '김재당'은 금광 갑부 '안중서'에게 방직공장을 매각한다. 그러면서 '안중서'의 딸 '현옥'과 자신의 아들 '경재'의 결혼을 내심 기대한다. 하지만 부친의 바람에도 불구하고 약혼자이자 사상적 동지였던 '현옥'이 물질적 향락을 좇으며 점차 속물로 변하는 모습에 실망한 '경재'는 자신의 집에 가정교사로 들어온 '려순'에게 호감을 느낀다. 그 후 '려순'이 졸업과 함께 가정교사에서 쫓겨날 처지에 놓이자 '경재'는 그녀를 '안중서'의 개인 비서로 추천하고 두 사람은 연인 사이로 발전한다. 그러던 중 '안중서'에게 겁탈당할 뻔한 사건이 일어나고, '경재'의 미온적인 태도에 실망한 '려순'은 그에게서 멀어진다. 결국 '경재'는 '현옥'과 결혼함으로써 현실순응자가 된다. 한편 '려순'

은 동향 친구 '준식'의 주선으로 '안중서'의 방직공장 노동자로 새 출발을 한다. 그 무렵 노조 지도자 '준식'은 동료들과 함께 회사의 산업합리화 방안에 맞설 파업을 계획하고 있었다. 마침내 감원을 목적으로 회사가 건강진단을 실시한 날 '준식'과 '려순'을 비롯해 노동자들은 사장실로 향한다. 때마침 이들과 마주친 '경재'는 황혼에 선 자신을 발견한다.

『황혼』은 전후반의 이야기 성격이 완연히 다르다. 전반부는 '경재'와 '려순', 그리고 '현옥'의 삼각관계 연애가, 후반부는 방직공장 노동자가 된 '려순'의 의식 변화 과정과 그녀가 준식의 지도 하에 동료들과 벌이는 파업이 그 중심 사건이다. 전반부가 신문연재소설로서 통속적 재미의 보증에 기울어 있다면, 후반부는 노동소설로서의 면모를 입증하고 있는 셈이다. 그런데 독자를 다소 당혹스럽게 만드는 일이 발생한다. 그 발단은 한국전쟁 이후 북한의 조선작가동맹출판사에서 단행본 『황혼』이 간행되면서다. 1955년 〈조선작가동맹중앙위원회〉 기관지 『조선문학』 4월호 신간소개란에 『황혼』의 출간을 알리는 광고가 실렸다. 이어 『조선문학』 11월호에 엄호석이 『황혼』에 관한 작품론을 발표했다. 엄호석은 이 글에서 『황혼』의 중심인물인 '준식'을 청소한 조선 노동계급의 투쟁이 맑스-레닌주의와 결부되어 의식적이며 조직적인 정치투쟁의 단계에 들어설 첫 무렵에 노동계급의 태내에서 배

출된 새 형의 투사로 평한다. 여기까지의 설명은 ≪조선일보≫에 처음 연재된 『황혼』과 다르지 않은 사실에 근거하고 있다. 문제는 난데없이 ≪조선일보≫ 연재본에 등장하지 않은 인물 '박상훈'이 거론되면서부터다. 첨작한 텍스트, 정확히 말해 개작된 판본을 대상으로 엄호석은 이야기한 것이다. 노동자 계급의 주체성과 이념성을 강화하기 위해 설정된 인물 '박상훈'의 등장과 맞물려 개작본의 결말은 신문연재본과 달라진다. 방직공장 사장 '안중서'가 파업의 위기를 느끼자 일본 경찰에 도움을 청하는 장면이 새로 추가된 것이다. 이 외에도 개작본은 '경재'와 '현옥', '려순' 사이의 삼각연애 사건을 축소했다. 대신 '경재'와 대조적인 인물로 '준식' 과 '형철'의 활동상을 이야기하는 데 많은 비중을 할애한다.

한설야는 왜 이야기의 개연성이 크게 손상될 위험을 안고서 그와 같은 개작을 시도한 것일까? 답은 간단하다. 개작본 『황혼』 에서 직업혁명가로 등장하는 '박상훈'은 김일성의 항일무장투쟁 과 연관된 존재로 암시된다.

> 그러나 그것은 단순한 한 개 토의에만 그치지 않았다.
> 그것은 그들의 올그 박상훈의 지도 아래에서 언제나와
> 같이 맑스-레닌주의적 립장에서 행하여졌다.

준식이들은 자신들의 올그가 어디서 왔는지 어디 묵
고 있는지 그런 것은 전혀 알지 못했고 알려고도 하지 않
았다.

비밀에 싸인 '박상훈'이란 인물을 비평가 안함광은 당의 전
신자로 추측한다. 안함광에 따르면, '박상훈'에게 주어진 임무는
'준식'과 같은 전위적 프롤레타리아를 성장시키는 일이다. 이 인
물을 매개로 '준식'과 그의 동료들은 김일성이라는 최고 영도자와
연결된다. 프롤레타리아의 성장 서사가 김일성을 정점으로 한
민족해방의 서사로 수렴되는 과정에서 『황혼』의 개작이 행해진
셈이다.

해방 후 한설야는 김일성을 민족의 영도자로 그린 최초의
작품 「혈로」에 이은 장편 『력사』(1953)에서 만주와 국내의 반일반
제 세력을 규합한 민족통일전선 〈조국광복회〉를 '김일성'이 조직
하였다고 언급하면서 마침내 그를 최고 전형의 반열에 올려놓는
다. 그리고 장편 『설봉산』(1956)에서는 1930년대 초 함경북도 성
진에서 일어난 적색농민조합운동 사건을 〈조국광복회〉와 연계
시켜 그려낸다. 1955년에 행해진 것으로 추정되는 『황혼』 개작은
이 일련의 창작 여정에서 이루어진 역사 다시 쓰기로서 사후에
이루어진 정지작업이었다. 과거를 대상으로 새로운 역사를 만들

어낸 공정이자, 현재의 요구를 과거로 거슬러 올라가 기입해 넣은 허구의 재허구화였던 것이다.

| 1946년 5월 1일 북조선 5·1 절기념사업준비위원회가 발행한 『김일성장군』 표지. 이 책자에는 한설야의 「김일성장군인상기」가 수록되어 있다. 한설야가 김일성을 처음 만난 것은 1946년 2월 8일 '북조선 임시인민위원회' 결성식으로 알려져 있다.

이에서 남한의 독자들이 알아야 할 사실이 있다. 북한문학에서 김일성과 직간접적으로 연관된 작품은 역사서로서의 위상을 갖는다. 설령 그 텍스트의 내용이 허구라도 말이다. 심지어 김일성의 행적을 모티프 삼은 소설이 역사를 대체하는 상황이 벌어진 예도 숱하다. 이른바 총서 『불멸의 력사』로 알려진 연작이 그 예다. 권정웅의 『1932년』을 시작으로 김삼복의 『청산벌』에 이르기까지 총 33권의 장편소설 창작은 당 차원에서 기획된 문화 정전 사업이었다. 수령 형상 문학의 본보기를 제시하고자 북한의 근현대사를 집단창작의 소설로 써 내려간 것이다.

| 1949년 2월 7일 〈북조선문학예술총동맹〉 제3차대회에서 한설야의 연설 장면.
한설야 뒤로 스탈린과 김일성의 초상이 보인다.

　이태준과 김남천을 비롯한 다수의 월북 문인은 북한 문화계 최고 권력자였던 한설야로부터 공개 비판을 당하며 자신들이 한때 꿈꾸던 세상으로부터 버림받았다. 얄궂게도 그 비판의 화살은 머지않아 한설야에게로 되돌아왔다. 김일성 우상화 문학의 단초를 제공하고, 그 덕에 한때 교육문화상에 오르며 권력의 중심에 섰던 그로서도 피할 수 없는 몰락이었다.

　카프 맹원에서 출발하여 오늘날 북한문학의 원형을 세우고, 종국엔 그 문학판의 이념에 구워삶긴 한설야 인생역정의 극적 아이러니를 생각하건대, 혹 필자가 후일 그의 무덤 앞에 설 날이 온다면 다음과 같은 비명을 조용히 읊조릴 듯하다.

인민을 위한 나라는 없다!!

나도 내 자신 문학을 해야 할 때가 온 것 같다. 배에 기름진 자들을 위해 사는 것은 그만했으면 된 줄로 안다. 때는 늦은 감이 있지만 남은 여생을 나 스스로를 위해 살아 보겠다.

소설가 한설야가 월북 시인 민병균에게 보낸 편지의 한 대목으로 알려진 구절이다. 이 편지가 당에 고발된 후 한설야를 제거하기 위한 〈문학예술총동맹〉 총회가 소집되었다. 그 자리에서 김창만은 김일성과 당에 대한 철저한 배신을 보여주는 증거로 한설야의 이 편지를 제출했다. 이후 한설야는 숙청됐다. 위 편지에는 '배에 기름진 자들'이 누구를 가리키는 것인가가 명확히 드러나 있지는 않다. 하지만 김일성은 그 중 한 사람이 분명 자신이라 판단했을 것이다.

| 북한 문학 전문가 B. R. 마이어스가 저술한 『Han Sorya and North Korean Literature(한설야와 북한 문학)』 표지. 그는 독일 튀빙겐주립대에서 북한 문학 연구로 박사학위를 받았고, 그 논문을 단행본으로 간행했다. 이 책에는 한설야의 문학세계를 중심으로 김일성 치하 북한 문화에 관한 개척적인 연구 성과가 담겨 있다.

1962년 숙청과 함께 한설야는 북한의 『조선대백과사전』에서 이름마저 사라진 존재가 된다. 그간의 충성을 잊지 못해서였는지 김일성은 총살 직전 한설야에게 송아지 고기를 보냈다. 이에 한설야는 그답게 "이런 송아지 고기 풀 내 나서 안 먹소"라는 말을 남기고서 식당을 나가 버렸다. 사실 여부를 확인할 길은 없으나 능히 그랬을 법한 한설야의 최후다. 그리고 숙청되기 전 한설야가 집안에 외제 카펫을 깔고 보드카를 마시며 소련 사람들과 주말마다 파티를 했다는 후문이 돌았다. 이 또한 소문만은 아니니라. 『황혼』의 결말에서 '경재'가 마주한 황혼이 이미 작자 한설야의 종말을 예고한 것이라면 말이다.

한설야의 묘비. 한설야는 2003년 김정일 국방위원장의 지시로 복권되어 신미리 애국열사릉에 안장되었다. 한때 문화선전상까지 올랐던 그의 묘비에 새겨진 직함은 '작가동맹중앙위원회 위원장'이다.

| 총서 『불멸의 력사』

북한문학 연구자 남원진은 분단의 역사에서 가장 문제적인 작가로 한설야를 꼽는다. 해방과 함께 조선 문단의 주변에서, 그리고 북조선 정치의 중심에서 문학 예술계를 이끌었던 핵심적 작가가 한설야였다는 것이다. 한설야 문학에서 발아된 북한의 '수령형상문학'은 김일성의 혁명 역사를 다룬 총서 『불멸의 력사』로 수렴되는데, 이 창작을 위한 작가 집단 '4·15문학창작단'은 1968년 김정일에 의해 발족되었다. 『불멸의 력사』는 사실주의 창작방법론에 따라 수령 신화의 역사화를 시도한 집단 소설 창작이었다. 그 첫 작품은 『1932년』(권정웅, 1972)이었으며, 『혁명의 려명』(천세봉, 1973), 『대지는 푸르다』(석윤기, 1981) 『준엄한 전구』(김병훈, 1981), 『백두산 기슭』(최학수, 1981), 『닻은 올랐다』(김정, 1982), 『은하수』(천세봉, 1982)가 순차적으로 창작되었다.

남북의 통치자가 사랑한 소설

학창시절 『상록수』를 배운 이라면 흑백 판화처럼 선명한 장면 하나를 기억할 것이다. 예배당이 좁고 후락해서 위험하니 아동을 팔십 명 이외에 한 사람도 더 받지 말라는 주재소 주임의 협박에 '영신'은 하는 수 없이 하얀 금을 그어 놓고 먼저 온 아이들만을 교실에 들인다. 든 사람은 몰라도 난 사람은 안다는 말을 실감하며 '영신'이 절망하던 순간, 창문 밖 나무에 매달린 아이들이 눈에 들어온다. 이에 '영신'이 칠판을 떼어 창문 쪽에 붙여놓자 아이들이 제비 주둥이 같은 입을 일제히 벌렸다 오므렸다 하며 '가갸거겨'를 목청껏 외친다. 마침 그때 "잠자는 자 잠을 깨고 눈먼 자 눈을 떠라. 부지런히 일을 하야 살 길을 닦아 보세"라는 소리가 윗반에서 들려온다.

『상록수』가 강한 울림으로 오늘날 독자들의 뇌리에 남은 데는 실화를 바탕으로 쓰였다는 사실이 적잖이 기여했다. 여주인

공 '채영신'이 감리교 전도사이자 농촌운동가 '최용신'을, 남주인
공 '박동혁'이 경성농업학교를 졸업하고 농촌운동에 투신한 심훈
의 조카 '심재영'을 각각 모델로 삼았다는 후일담 앞에서 이 작품
을 심상히 읽을 독자는 흔치 않을 것이다(일각에서는 '박동혁'의 실
제 인물이 '심재영'이라는 사실에 의문을 제기한다). 그러나 이 작품의 탄
생 비화를 알게 되는 순간 감동은 다소간의 실망감으로 바뀐다.
1935년 ≪동아일보≫가 창간 15주년을 맞이하여 상금 오백 원을
걸고 실시한 장편소설 특별공모 당선작이 바로 심훈의『상록수』
이다. 당시 신춘문예 단편소설 당선 상금이 오십 원이었고, 소 한
마리 값이 육십 원이었음을 감안하면 깨나 큰 상금이 걸린 공모
였다. 신문사가 그 같은 거금을 내걸고서 장편소설을 공모한 데
는 그럴 만한 사정이 있었다.

| 1935년 8월 13일 자 ≪동아일보≫에 게재된『상록수』현상공모 당선 기사

치열한 독자 유치경쟁을 펼쳤던 삼대 민간 신문사(동아일보, 조선일보, 조선중앙일보)가 심혈을 기울인 기사는 다름 아닌 연재소설이었다. 연재소설의 인기가 곧 신문 구독과 직결되었기 때문이다. 그러나 연재 장편소설(정확히 말해 장형의 소설)을 쓸 만한 역량 있는 작가가 드물었을 뿐만 아니라 독자의 시선을 붙들 작품 찾는 일이 쉽지 않았다. 이에 동아일보사는 선도적으로 장편소설 공모에 나선다. 신문사는 공모 광고에서 '인(人)'이 아닌 '작(作)'을 구하기에 신인은 물론 기성작가에게까지 그 문호를 개방한다고 밝혔다. 그리고 구체적인 공모 조건을 다음과 같이 제시했다.

- 조선의 농어산촌을 배경으로 하여 조선의 독자적 색채와 정조를 가미할 것
- 인물 중에 한 사람쯤은 조선 청년으로서의 명랑하고 진취적인 성격을 설정할 것
- 신문소설이니만치 사건을 흥미 있게 전개시켜 도회인 농어산촌인은 물론하고 다 열독하도록 할 것

동아일보사의 소설 현상공모 소식을 고향 당진에서 접한 심훈은 석 달이 채 안 되는 기한에 쫓기며 우선 창작의 밑그림이 될 만한 기사를 찾느라 분주했다. 그 와중에 심훈의 눈에 띈 기사가

경성 태평로 조선일보사 신사옥 대강당에서 열린 '문자보급운동 보고대회'였던 것으로 추측된다. 심훈은 이 사건을 『상록수』의 첫 머리에 배치하여 그 역사적 현장에서 '박동혁'과 '채영신'의 만남을 성사시킨다. '채영신'의 모델이 된 실존 인물 최용신의 형상 역시 심훈은 신문 기사에서 그 단서를 구한 듯하다.

| 『상록수』의 여주인공 '채영신'의 실제 모델로 알려진 '최용신'. 함경도 덕원군 출신의 그녀는 서울여자신학교에 재학 중이던 1931년 10월 YWCA 농촌사업부의 농촌 파견 교사로 임명되면서 교육운동에 본격적으로 참여했다. 1934년 일본 고베신학교 유학 중 신병으로 귀국한 후에는 샘골에서 요양하며 농촌계몽운동을 펼쳤다. 그러던 중 소설 『상록수』의 결말처럼 1935년 장중적증(腸重積症)으로 26세에 생을 마감했다.

최용신은 1928년 4월 1일 자 《조선일보》에 「교문에서 농촌에」라는 제목의 글을 기고한 바 있다. 그녀는 이 글에서 "중등교육을 받은 우리가 화려한 도시생활만 동경하고 안일의 생활만 꿈꾸어야 옳을 것인가? 농촌으로 돌아가 문맹퇴치에 노력해야 옳을 것인가?"라 물으며 조선의 청년 남녀 지식인들에게 농촌으로 달려가자고 호소한다. 이러한 자료 수집이 마무리된 후 심훈

은 머리를 짜내기에 고약한 늦은 봄철 오십일 동안 밤낮으로 펜을 날려 기한과 횟수, 그 밖의 다른 공모작 요건을 염두에 두고 집필에 전력했다.

| 소설『상록수』의 실제 모델로 알려진 당진 '공동경작회' 회원들. 1937년 6월에 촬영한 것으로 알려져 있다.

그렇게 『상록수』는 신문연재소설로서 최적의 자질을 갖춰 탄생했다. 청년 지식인들의 꺾이지 않는 의지와 실천을 아름다운 동지애로 빚어냄으로써 계몽과 재미라는 신문사의 요구에 충실히 화답한 것이다. 『상록수』는 연재에 앞서 대대적으로 선전되

었고, 연재와 동시에 '농촌소설의 백미'라는 찬사를 받았다. 그런
만큼 무서운 속도로 독자 대중을 빨아들였다. 이 작품의 흥행이
어느 정도였는가는 동아일보사가 2차 장편소설 공모를 다음 해
연이어 실시한 사실만 보아도 알 수 있다. 심지어 결실을 보지는
못했으나 원작자 심훈이 감독하고 천여 명의 인원이 참여하는 전
십 권의 사운드 판 영화 제작을 고려영화사가 기획하기도 했다.

| 1961년 개봉된 신상옥 감독의 영화 〈상록수〉 포스
터. 1935년 심훈은 소설 『상록수』를 영화로 제작하고
자 고향에 내려가 관계자들과 구체적인 작업을 시작
한다. 그러나 1936년 9월 16일 장티브스에 걸려 35
세로 생을 마감했고, 영화는 끝내 제작되지 못했다.

『상록수』는 세간의 평처럼 농촌소설이라 할 면면을 충분히
갖춘 작품이다. 단순히 농촌을 배경 삼은 소설이 아니라는 이야
기다. 농민들의 일상을 사실적으로 묘사하기 위해 낱말 치레 하
나하나에 쏟은 작자의 열정이 작품 이곳저곳에서 목격된다. 농

촌 생활을 경험하지 않은 이라면 알 수 없을 다음과 같은 어휘들
이 이를 증언한다.

- 공석: 벼를 담지 아니한 빈 섬
- 곁두리: 주로 농사꾼이 힘든 일을 할 때 끼니 외에 참
  참이 먹는 음식
- 살포: 논의 물꼬를 트거나 막을 때 쓰는 네모진 삽
- 논틀밭틀: 논두렁과 밭두러을 따라 난 꼬불탕한 좁은 길
- 죽가래: 곡식이나 눈을 한 곳에 밀어모으는 데 쓰는
  넓적한 나무 기구
- 삯메기: 농촌에서 끼니는 먹지 않고 품삯만 받고 하는 일
- 도사리: 못자리에 난 어린 잡풀
- 아시: '애벌'의 사투리. 처음으로 논밭을 걸거나 김매
  는 것
- 만물: 맨 나중에 손으로 논에 난 잡초를 훌치어 없애
  는 일
- 피사리: 벼에 섞여 자란 피를 뽑아냄, 또는 그 일
- 석수: 곡식을 섬으로 센 수효
- 나농: 농사일을 게을리함

그러나 『상록수』가 거둔 문학적 성취가 대중으로부터 받은 환대에 값할 만치 튼실한 것은 아니었다. 벽초 홍명희의 아들 홍기문은 심훈의 절친이었다. 그 인연은 심훈과 홍명희의 막역지교(莫逆之交)로 이어졌다. 『임꺽정』 연재에 분주한 와중에도 홍명희가 심훈이 발간한 세 편의 장편소설 서문을 모두 써주었다는 사실만 보아도 두 사람이 세대를 넘어 깊이 교류했음을 알 수 있다. 그런 홍명희였지만 『상록수』에 대한 평가는 그다지 후하지 않았다. 벽초는 작품집 『상록수』 서문에 부쳐 이전 작품들과 비교할 때 현저한 진경이 있다는 말과 함께 장차 대성할 것을 믿는다는 말로 에둘러 혹평을 피했다.

홍명희가 애써 감춘 속내를 필자가 대신하자면, 정확히 이십 년 전 이광수가 『무정』의 주인공으로 내세운 '이형식'으로부터 『상록수』의 '박동혁'은 채 한 걸음도 나아가지 못한 인물 형상이다. 'ㅇㅇ일보사 주최 농촌운동가 보고행사'에 참여한 '박동혁'이 행한 연설이 그 결정적 증거다.

"여러분은 학교를 졸업하면 양복을 갈러 붙이고 의자를 타고 앉아서, 월급이나 타먹으려는 공상부터 깨트려야 합니다. 우리 남녀가 머리를 동쳐매고 민중 속으로 뛰어들어서, 우리의 농촌, 어촌, 산촌을 붙들지 않으면, 그네들

을 위해서 한 몸을 희생에 바치지 않으면, 우리 민족은 영
원히 거듭나지 못합니다!"

'동혁'의 위와 같은 격정적 연설은 『무정』의 결말에서 '이형
식'이 수재를 당한 동포들을 위해 자선음악회를 열 것을 제안하
면서 함께 유학길에 오른 '김선형'과 '박영채', 그리고 '김병욱'을
향해 "힘을 주어야지요! 문명을 주어야지요! 그리하려면? 가르쳐
야지요! 인도해야지요! 어떻게요? 교육으로, 실행으로"라 목청
높였던 장면의 표절을 의심케 한다.

그런가 하면 『상록수』는 이태 앞서 연재된 이기영의 『고향』
을 모방한 듯한 갈등 해소 구도를 취하고 있다. 『상록수』에서 '박
동혁'은 마을 사람들을 옥죄인 고리대금과 소작권 분쟁 해결을
위해 고리대금업자 '강기천'의 명예욕을 역이용한다. 이는 『고향』
의 '김희준'이 소작쟁의의 승리를 위해 마름 '안승학'의 치부를 들
춰내 굴복시키는 방식과 다르지 않다. 정정당당한 저항과 투쟁
이 아닌 술수와 편법이 동원되고 있다는 점에서 그러하다. 그처
럼 그네들 인텔리겐치아의 현실 대응은 정의롭지 않을 뿐만 아니
라 되려 계급모순의 본질을 흐린다. 어디 그뿐인가. 『고향』의 '김
희준'과 '안승학'의 딸 '갑숙'의 관계가 그러하듯 『상록수』의 '박동
혁'과 '채영신'의 연애 역시 동지적 사랑으로 아귀가 난다. 한편

"동족이나 같은 계급을 위한 일을 해주세요! 우리 같은 청년남녀가 아니면 뉘 손으로 그네들을 구원해 냅니까?"라 말하며 약혼자 '정근'에게 당당히 파혼을 선언하는 『상록수』의 '영신'은 아버지 '안승학'의 비열한 행동에 가출하여 공장 노동자로 나선 『고향』의 '갑숙'과 도플갱어(doppelganger)나 다름없다. 아이러니하게도 소영웅주의에 빠진 이들 인물의 이야기는 농촌소설로 분류되는 작품들의 공약수이자 바로미터(barometer)로 자리하고 있다. 과연 그것이 우연의 일치였을까?

박정희가 보고 말없이 눈물 흘린 영화가 있다. 같은 작품을 김정일은 당 간부 교육용으로 관람시켰다. 심훈의 소설 『상록수』을 신상옥 감독이 영화로 제작한 〈상록수〉(1961)가 그 주인공이다. 이렇듯 식민시대 브나로드 운동의 상징이었던 소설 『상록수』(≪동아일보≫, 1935. 9. 10~1936. 2. 15.)는 해방 후 영상으로 변신하여 국가주의적 개발의 교본으로 남북에서 동시에 환영받았다. 지식인 청년 '박동혁'과 '채영신'이 펼치는 헌신적 농촌운동과 그들의 동지적 사랑을 그린 이 작품을 우리 시대 독자들은 민족주의 저항정신을 대표하는 농민소설의 수작으로 평하는 데 주저하지 않는다. 중학교 국어 교과서를 장기독점하며 청소년 필독서로 어김없이 선정되는 영예를 누린 사실이 그에 일조했을 터다.

| 왼쪽은 번역본 출간을 알린 ≪경향신문≫ 기사, 오른쪽은 1981년 일본에서 출간된 『상록수』의 일본어판 단행본 표지. 도쿄의 일본인 독서그룹 〈상록수의 모임〉이 한글판 『상록수』를 3년 만에 독파한 뒤 12명이 일어로 번역해 월간지에 연재한 후 단행본으로 간행했다.

일제는 식민지 조선에서 '농촌진흥운동'을 정책적으로 펼쳤다. 이를 홍보하기 위해 각종 기관지가 나서 모범일꾼을 표지모델로 내걸고 그들의 미담과 성공 수기를 소개했다. 1970년대 박정희가 추진한 '새마을운동' 역시 지도자의 성공담을 전파하는 데 힘을 기울였다. 민족문제연구소는 '새마을운동'이 표면상 '자력갱생'과 '농가경제 부흥'을 내걸었지만, 궁극적으로는 농촌 통제 수단의 일환이었다는 점에서 일제의 '농촌진흥운동' 및 '국민총력운동'을 빼닮았다고 말한다. 1950년대 후반 시작된 노력 동원 및 사상 개조 운동으로서 북한의 '천리마운동' 또한 유사한 맥락을 지닌 국가동원체제였다고 할 수 있다.

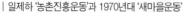

| 일제하 '농촌진흥운동'과 1970년대 '새마을운동' | 1950년대 북한의 '천리마운동'

우리 근대문학사에서 농촌소설은 계몽의 서사였다. 가르치고 배우는 구도의 이들 작품에 등장하는 농민은 늘 하층에 자리해야

마땅한 존재였다. 따라서 무지와 결핍의 이 주변부 다중이 계몽 서사의 주인공일 리는 만무하다. 이기영의 『고향』이 그러하듯 심훈의 『상록수』에서도 독자는 땅에 붙박여 미개한 채로 신음하는 농민 군상을 만날 뿐이다. 이네들이 있기에 소영웅주의의 화신, 인텔리겐치아들이 활개 저을 무대가 비로소 차려질 수 있었을 것이다. 결과적으로 계몽의 서사는 영웅담의 근대적 버전이었다. 냉전시대 남북의 통치자들이 마치 언약이라도 한 듯 심훈 원작의 영화 〈상록수〉를 흠모했던 소이가 이에 있을 터다. 이로써 사철 늘 푸른 나무 '상록수'가 농민의 상징이 아니요, 소설 『상록수』가 농촌소설일지언정 농민소설일 수는 없다는 사실이 새삼스럽지 않으리라.

백석은 소설가였다

열여덟 '대감'이란 큰아들과 그 아래로 딸 둘 아들 하나를 더 둔 과부로 늦바람이 난 '대감이 엄매'는 남들의 시비나 시선쯤은 아랑곳하지 않고 쌀장수 '양고새'와 정을 통한다. 두 사람의 짐승 같은 정사는 그야말로 생명을 갈아먹는 듯했다. 삼 년 동안이나 사내 맛을 모르던 과부는 한번 허락한 것이라 불을 본 풍뎅이 같이 덤벼 성적 만족을 찾았다. '양고새' 편에서는 나중에 향락이 더 큰 목적이 되지만, 이전의 다른 여성들과의 관계가 그러했듯 애초에 아들 볼 생각에서 맺은 짧은 연분이었다. 그렇게 난봉꾼 '양고새'와 정분이 난 '대감이 엄매'는 아이를 갖게 된다. '양고새'는 마을 사람들의 수군거림을 피하고자 임신한 '대감이 엄매'에게 외따로 떨어진 데 집을 얻어주고, 과부는 그곳으로 거처를 옮겨 딸을 낳는다. 이에 분을 이기지 못한 '대감'과 '대감이 할머니'는 '양고새'와 한판 대거리를 하지만, 결국 과부와 가족들은 다시 살림을 합쳐 살게 된다. 1930년 신춘문예 소설 당선작 「그 모(母)와 아들」(≪조선일보≫, 1930. 1. 26~2. 4.)의 줄거리다. 늦깎이 불륜 로맨스쯤으로 읽힐 이 작품에는 놀랄 만한 두 가지 비밀 아닌 비밀이 숨어 있다.

| 백석의 문단 데뷔작으로 알려진 ≪조선일보≫ 신춘문예 당선작 「그 모(母)와 아들」의 1930년 1월 28일 자 연재분

그 하나는 작자가 우리에게 시인으로 잘 알려진 백석이라는 사실이다. 또 하나는 ≪조선일보≫ 신춘문예 최연소당선작으로 당시 백석의 나이가 만 19세에 불과했다는 사실이다. 비록 주변에서 전해 들은 이야기를 소설로 썼다고는 하나 스무 살이 채 되

지 않은 문학청년의 데뷔작이라고 하기엔 믿기지 않는다. 그렇게 이미 십 대의 백석은 중년 남녀의 성적 욕망과 일탈을 노련한 심리묘사와 탄탄한 구성으로 엮어낼 만큼 조숙한 천재였다.

백석이 내놓은 두 번째 소설은 「마을의 유화(遺話)」(《조선일보》, 1935. 7. 6~20.)였다. 양아들과 며느리가 밤중에 도망가버린 후 남겨진 아흔 가까운 '덕항영감'과 여든 넘은 '저척노파'는 힘겹게 겨울을 난다. 그들의 비참한 현실은 다음의 한 장면만 보아도 눈앞에 선하다.

> 덕항영감과 저척노파가 쭈그리고 앉은 것이나 꾸부러 치고 누운 것을 두고는 누구나 누더기꿍제기라고 보았으나, 그리고 사람 먹던 것을 쥐가 먹어도 질색하는 세상에서 영감과 노파는 쥐 먹던 것을 먹고도 아무 말이 없었으나, 이상한 일인지 모른다, 아무리 해도 사람은 누더기나 쥐가 되지는 않았다. 이 늙은 영감 노파가 누더기나 쥐가 되기에는 몇 해나 걸리는지 모르나 삼십 년쯤을 가지고는 사람이 누더기나 쥐가 되지 못하는 것만은 분명하였다. 영감 노파는 얼마나 구석에서 말이 없는 누더기가 되고 싶었는지 모른다. 자배기 속의 쥐가 얼마나 부러웠는지 모른다.

추위와 굶주림에 시달린 두 노인은 그렇게 따뜻한 누더기가 되고 싶다는, 그러다 배고픔을 모르는 쥐가 되고 싶다는 환상에 사로잡힌다. 그러나 그 사물과 미물마저 자신들보다 한층 높은 존재여서 그리될 수 없다. 하여 절망에 빠진 노부부는 죽기를 바라지만, 죽음이 그네를 피해 살아가는 까닭에 죽을 수도 없는 처지다. 마침내 노파는 눈이 멀고 영감은 허리를 쓰지 못하는 지경에 이른다. 그렇게 온전히 죽지 못하고 '작은 죽음'을 맞은 영감은 섬돌을 내려서다 그만 굴러떨어져 얼굴에 깊은 상처를 입는다. 새봄이 왔어도 두 노인은 여전히 비애와 절망 속에서 죽음을 기다릴 뿐이다. 이러한 내용의 「마을의 유화」는 언어로 그려낸 아방가르드라 할 만치 전위적이다. 누더기와 쥐를 의인화한 상상력도 그러하지만, 그것들과 노부부 사이의 팽팽한 긴장을 이야기 전개의 동력으로 삼은 점 역시 대단히 실험적이다. 이렇듯 죽음을 향해가는 노부부의 생존기를 관찰자는 무심히 중개한다. 그러다 어느 순간 그들의 최후가 하루속히 찾아오기를 바라는 연민의 역설에 독자를 빠뜨린다. 백석의 두 번째 소설 「마을의 유화」는 이렇듯 당시 조선의 소설계에서 흔치 않은 서사 기법을 보여준 창작이었다.

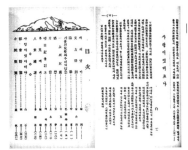

| 1927년 경성제국대 예과 '문우회'의 잡지 『문우(文友)』 제4호에 필명 백석(白石)으로 게재된 평설(評說) 「사랑이 엇더트냐」. 황진이와 계랑 등이 남녀의 사랑을 주제로 지은 시조 백여 수를 비평한 10쪽 분량의 글이다. 실제 필자가 시인 백석인가를 두고 학계에서는 논란이 분분하다. 백석의 글이 맞는다면 만 16세에 쓴 셈이다.

　세 번째 작 「닭을 채인 이야기」(≪조선일보≫, 1935. 8. 11~25.)는 앞선 두 작품에 비해 좀 더 풍성한 사건을 담고 있다. '시생'네 닭이 자신의 차조 밭을 헤집어놓는 것을 참지 못한 '디펑영감'은 돌을 던져 닭 두 마리를 죽인다. 이에 분노한 '시생'은 한밤중 '디펑영감'네 닭장에 들어가 닭 두 마리를 죽여 햇병아리 한 마리는 산 밑에 다른 한 마리는 샛더미 밑에 묻듯이 버림으로써 앙갚음한다. 다음 날 아침 '디펑영감'은 없어진 닭을 찾아 나서나, 한 마리는 여우에게 잡아 먹히고 다른 한 마리는 먼 마을로 밥을 얻으러 나온 거지 '바발할망구'의 아침 요기가 된 지 오래다. 그 사실을 알 리 없는 '디펑영감'은 자신이 죽인 닭의 넋이 부린 작간(作奸)이라 여기며 무정한 하늘을 원망한다. 「닭을 채인 이야기」 역시 「마을의 유화」와 같이 짐승을 의인화한 작품이다. 이 작품에서 닭은 '시생' 및 '디펑영감'과 대등한 존재감을 과시한다. 주인공에

값하는 등장인물인 셈이다. 실제로 백석은 닭들의 심리를 마치 인간 인양 묘사함으로써 독특한 해학미를 연출해낸다.

백석의 위 소설들은 한 사람의 작품이라 믿기지 않을 정도로 이질적인 면모를 지니고 있다. 소재도 독특하거니와 거기에 구사된 기법 또한 매우 다채롭다. 곤궁한 사람들의 삶에 대한 응시와 공감이라는 작가적 태도가 사실상 세 작품의 유일한 공약수라면 공약수다. 물론 어느 연구자의 평처럼 1930년대 조선문단이 이룬 미적 성취에 견줄 때 백석의 소설은 탁월하다고까지 할 만한 것은 아니다. 수시로 변하는 서술자의 시점, 전대문학에서 탈피하지 못한 문체, 그리고 동화적 발상과 의인화 등이 오히려 아쉬운 대목으로 지적될 수 있다. 그러나 그와 같은 한계와는 별개로 백석이 독보적인 소설 세계를 설계해낸 사실을 부정하기는 어렵다. 필자의 시선에 백석의 소설은 노련했고 동시에 신선했다.

| 1942년 잡지 『사진순보』 2월호에 게재된 백석의 단편소설 「사생첩의 삽화」. 그동안 백석은 세 편의 소설만을 남긴 것으로 알려져 있었는데, 이 작품의 발굴로 그의 작품 연보가 수정되었다.

당시 가장 어린 나이에 소설로 화려한 문단 데뷔식을 치른 백석이 갑자기 시 창작으로 선회한 이유 혹은 계기는 무엇이었을까? 소설가 '허준'을 모델 삼은 백석의 시 「허준(許俊)」(1940)에 의문을 풀 실마리가 숨어 있다. 이 시에서 백석은 벗 허준을 일등가는 소설을 쓰는 작가로 소개한다. 백석의 눈에 허준은 인정이 넘치는 소설가다. "맑고 거룩한 눈물의 나라에서 온 사람"이며 "따사하고 살틀한 볕살의 나라"에서 "이 세상에 나들이를 온 사람"이다. 얼마 전 흥행한 드라마 〈별에서 온 그대〉의 주인공을 현실에서 찾자면 딱 그에 들어맞는 인물일 터다. 백석이 떠올린 이상적인 소설가는 그러한 인격자다. 반면 자신은 그처럼 고매한 인물 앞에서 '게사니'(거위)처럼 떠드는 경박한 존재일 따름이다. 백석이 소설 쓰기를 접고 시인의 길로 나선 사정이 이에 있지 않았을까 싶다. 백석은 허준의 작품을 읽으며 시인되길 자처했다. 허준이 아니었더라면 백석이 시인으로서 자신의 그 놀라운 재능을 발견할 수 있었을까. 그리고 100부 한정 자가본(自家本)으로 발간된 탓에 구하기 어려워 윤동주가 손으로 옮겨 적었다는 백석의 첫 시집 『사슴』(1936)이 세상의 빛을 볼 수 있었을까? 그 시집을 경전처럼 읽으며 시 창작에 매진했던 윤동주라는 시인이 탄생할 수 있었을까? 상상만으로도 아찔하다.

백석이 100부 한정 자가본으로 출간한 시집 『사슴』의 표지. 그 초판본은 몇 해 전 한국 근현대문학 서적 경매 사상 최고가인 7,000만 원을 기록했다. 초판 출간 당시의 시집 가격은 2원이었다. 이 초판본은 현재 국내에 10부도 남아 있지 않다. 경매에 나온 시집은 백석이 문학평론가 이원조에게 직접 선물한 것이다.

백석이 민중의 이야기를 토속적인 시어로 풀어낸 솜씨는 소설 창작을 통해 키운 역량임이 틀림없다. 아래 인용한 1938년 작 「야우소회(夜雨小懷)-물닭의 소리 5」의 한 자락을 읽는 것만으로도 능히 그 사실을 실감할 수 있다. 그가 타종하듯 토속어 이름씨 몇을 열거하는 순간, 독자의 가슴에서는 민중의 삶을 향한 애정이 맥놀이 하며 공명한다.

나의 정다운 것들 가지 명태 노루 뫼추리 질동이 노랑
나비 바구지꽃 모밀국수 남치마 자개짚세기 그리고 천희
(千姬)라는 이름이 한없이 그리워지는 밤이로구나

세 편에 불과했으나 백석의 초창기 소설 창작 경력은 이후 시 창작의 자산이 된다. 그 부인할 수 없는 증거가 일명 '이야기

시'로 일컬어지는 그의 대표작 「여우 난 곬 족(族)」(1935), 「고야(古夜)」(1936), 「여승(女僧)」(1936), 「고향」(1938), 「남신의주 유동 박시봉방(南新義州 柳洞 朴時逢方)」(1948) 등에서 목격된다. 한국인이라면 필연코 교과서에서 만났을 「여승」을 이참에 다시 읽어보자.

女僧은 合掌하고 절을했다
가지취의 내음새가났다
쓸쓸한낯이 넷날같이 늙었다
나는 佛經처럼 섫어워졌다

平安道의 어늬 山깊은 금덤판
나는 파리한女人에게서 옥수수를샀다
女人은 나어린딸아이를따리며 가을밤같이차게
울었다

섭벌같이 나아간지아비 기다려 十年이갔다
지아비는 돌아오지않고
어린딸은 도라지꽃이좋아 돌무덤으로갔다

山꿩도 설게울은 슲븐날이있었다
山절의마당귀에 女人의머리오리가 눈물방울과
같이 떨어진날이있었다

짧은 이 시에는 여승이 되기까지 한 여인의 짧지 않은 사연이 행과 행 사이에 촘촘히 잠겨 있다. 일확천금을 노리던 황금광 시대 금점판에서 옥수수를 팔아 생활을 나는 여인에게는 어린 딸이 있었다. 꿀을 모으기 위해 나가는 일벌처럼 모녀를 두고 떠난 지아비는 십 년째 돌아오지 않는다. 유일한 피붙이 딸이 죽고 여인은 속세를 등진다. 한 여인의 지난 세월이 그렇게 단출히 이야기되고 있어서일까, 아니면 시인의 담담한 어조 탓일까? 시를 완독한 후 독자는 시인이 미처 전하지 않은, 차마 전하지 못했을, 행간에 숨은 여인의 숱한 곡절을 상상하며 한동안 그 파장에서 벗어나지 못한다. 백석만이 풀어낼 수 있는 말본새 탓이리라.

| 왼쪽은 20대 중반의 백석, 오른쪽은 백석의 인민증 사진. 직인에 새겨진 '86'이라는 숫자가 촬영 시기를 알려준다. 만 74세 무렵으로 추정된다. 청년 백석의 모습이 사라진 듯 남아 있다.

매듭 풀이

시인을 사랑했던 한 여인이 평생 모은 천억 원을 기부했다. 세상 사람들이 후회하지 않느냐 물었다. 여인의 답은 단호했다. "천억 원이 그 사람의 시 한 줄만도 못해", 요정 '대원각'이 사찰 '길상사'가 된 사연이다. 널리 알려진 대로 여인은 대원각의 주인 김영한이고, 그녀가 사랑한 시인은 백석이다. 열여섯에 기생 '진향'이 된 김영한은 스물두 살 되던 해 백석의 연인이 된다. 백석은 이백의 시 「자야오가(子夜吳歌)」에서 따온 '자야(子夜)'라는 아호로 진향을 불렀다. 서역(西域) 지방으로 오랑캐를 물리치러 나간 낭군을 기다리던 여인 자야의 슬픈 운명처럼 진향은 백석 집안의 반대로 부부의 연을 맺지 못했다. 해방과 분단의 정치적 격변 속에서 두 사람은 끝내 다른 세계에서 살아야 했다.

기생과의 연애 사실이 알려져 근무하던 학교가 발칵 뒤집히자 백석은 일말의 주저함도 없이 사표를 던졌다. 자야를 향한 그의 사랑은 그렇듯 한순간 불장난이 아니었다. 대중가요의 한 소절 마냥 곁에 있어 더욱 그리운 사랑이었다. 자야에게 선물한 시 「바다」가 그토록 절절히 읽히는 이유다.

바닷가에 왔더니
바다와 같이 당신이 생각만 나는구려
바다와 같이 당신을 사랑하고만 싶구려

구붓하고 모래톱을 오르면
당신이 앞선 것만 같구려
당신이 뒤선 것만 같구려

그리고 지중지중 물가를 거닐면
당신이 이야기를 하는 것만 같구려
당신이 이야기를 끊는 것만 같구려

바닷가는
개지꽃에 개지 아니 나오고
고기비늘에 하이얀 햇볕만 쇠리쇠리하야
어쩐지 쓸쓸만 하구려 섧기만 하구려

(「바다」,『여성』, 1937)

　　백석과 자야는 청진동과 명륜동에 신혼 아닌 신혼살림을 차리
고서 잠시나마 꿈 같은 시절을 보냈다. 공교롭게도 그 무렵 이상(李

箱) 또한 기생 '금홍'과 종로 우미관 뒤편에 살림을 차렸다. 그러나 익히 알려진 대로 이상과 금홍의 동거는 그리 아름답지 못했다. 질투와 다툼, 가출, 그리고 재회 속에서 위태로웠던 그들의 사랑은 이별로 완결되었다. 도박과도 같았던 금홍과의 동거가 없었다면, 이상의 문학적 업적은 초라하기 그지없었을 것이다. 이상 문학의 가장 큰 자산이었던 그 금홍에 대해 세상은 야박하리만치 무관심하다. 이상과 이별 후 금홍의 생활은 어떻게 달라졌을까? 이상이 제국 대학 병원에서 생을 마감했다는 소식을 접한 순간 금홍의 눈망울은 어떠했을까? 그 어디에서도 그 답을 들을 수 없는 것은 이상을 향한 금홍의 사랑이 백석을 향한 자야의 사랑보다 통속적이어서일까? 그것이 아니라면 이상의 새 아내 변동림에 대한 금홍의 질투 때문이었을까, 금홍이 다른 애인을 찾아간 탓일까? 개인적으로 한국문학사에서 필자가 갖는 가장 큰 궁금증이다.

오! 인간의 희비극이여!!

십만장자의 귀한 독자가 실상인즉 머슴의 아들!

이십 년 만에 부자가 처음 상면하는 극적 광경!

기구한 전반생을 타고난 곽소년의 실화!

G 신문지국에서 배달된 신문 사회면에는 위와 같은 제목의 신기한 기사가 실리었다. 사건의 발단은 '권경호'라는 인물이 본래 곽 씨였다는 사실이 드러나면서였다. 그의 모친은 중 사내와 속가로 동냥 다니다 홀아비 '곽첨지'와 잠시 동거하였고, '곽소년'을 임신한다. 승방에서 태어난 그 아이는 십만장자 '권상철'의 가문으로 입양됐다. 세월이 흘러 원터의 구장 '오모'의 집에서 머슴을 살고 있던 '곽첨지'에게 그 아들이 찾아옴으로써 극적 상봉을 이룬 것이다. 오늘날 막장드라마의 단골 소재, 바로 '출생의 비밀'을 이렇듯 프로문학 최고의 작품으로 평가받는 이기영의 장

편소설 『고향』(≪조선일보≫, 1933. 11. 15~1934. 9. 21.)에서 만나게
된다니 적잖이 당혹스럽다.

| 1928년 6월 7일 자 ≪동아일보≫에 실린 『낙동강』, 「민촌」의
출판기념회 기사. 조명희와 이기영의 공동출판을 기념한 행사
가 기사 게재 이틀 전 청량사에서 열렸다.

　　동경 유학을 마치고 고향 원터에 돌아온 『고향』의 주인공 '김
희준'은 직접 농사를 지으며 계몽사업에 투신한다. 그 무렵 원터
에서는 악명높은 마름 '안승학'이 소작농들과 갈등을 빚고 있었다.
큰 수재가 난 어느 해 '희준'과 농민들은 '안승학'에게 소작료 면제
를 요구하나 거절당하고 만다. 이에 '희준'은 '안승학'의 치부를 들
춰내 그를 굴복시키고 소작쟁의를 승리로 이끈다. 소설 『고향』의
줄거리는 대략 이렇다. 여기에 작자 이기영은 '안승학'의 큰딸이자
'희준'의 소꿉친구 '갑숙'을 등장시켜 이야기에 재미를 더한다.

여자고보생 '갑숙'은 요양을 위해 고향에 돌아와 '희준'과 재회하면서 과거의 연애감정을 다시 느낀다. 그러나 읍내 상인 '권상철'의 아들 '권경호'에게 몸을 허락한 사실과 이미 '희준'이 유부남이란 현실 앞에서 그녀는 괴롭기 그지없다. 이에 '경호'와 '갑숙'의 관계를 뒤늦게 안 '안승학'은 그녀를 서둘러 시집보내려 한다. 그 과정에서 '경호'가 '권상철'의 친자가 아니라는 사실이 밝혀지고, '안승학'은 소문을 막아주겠다며 '권상철'로부터 돈을 뜯어내려 한다. 부친의 이 비열한 행동에 분노한 '갑숙'은 결국 가출하여 '나옥희'라는 가명으로 공장에 취직한다. 그 후 '갑숙'이 노동쟁의를 주도하자 '희준'이 이를 도우면서 두 사람의 관계는 외견상 이성 간의 사랑을 초월한 동지애로 발전한다.

| 1933년 11월 15일 자 ≪조선일보≫에 연재된 『고향』 첫 회. 1936년 문학 잡지 『삼천리』의 편집지는 노벨상 수상이 가장 유력한 조선인 작가는 누구인지 묻는 설문을 조사했다. 이에 작가 이무영이 첫 번째로 거론한 이가 민촌 이기영이었다.

'희준'이 5년의 일본 유학을 마치고 돌아온 고향은 상전벽해였다. 정거장 뒤로는 읍내로 연하여서 큰 시가로 변했고, 전등과 전화가 가설되었다. 그런가 하면 C 사철(私鐵)이 원터 앞들을 가로 뚫고 나갔다. 전선이 거미줄처럼 서로 얽히고, 그 좌우로는 기와집이 즐비하게 늘어섰다. 읍내 앞 큰 내에는 방축이 쌓였고, 그 양쪽으로는 신작로의 가로수와 같이 사쿠라와 버드나무가 나란하다. 넓은 뽕나무밭 개울 옆으로는 난데없는 제사공장이 높은 담을 두르고 섰으며, 공장의 양회 굴뚝에서는 검은 연기가 밤낮으로 쏟아져 나왔다.

고향 사람들은 새로 들어선 공장에서 하루를 시달리고 나면 두 손이 홍당무처럼 익고 눈은 아물아물하고 귀에서는 전봇대 우는 소리가 나고 목에서는 침이 마르고 등허리는 부러지는 것 같았다. 수족은 장작같이 뻣뻣해서 도무지 자유를 듣지 않는다. 손등은 마른 논 터지듯 터졌다. 반면 농촌에는 그와 같은 노동이 없지만, 기아가 그 고통을 대신하고 있었다. '노동과 기아! 그 어느 편이 낫다 할 것이냐? 아니 노동자에게도 농민만 못지않은 기아가 있고 농민에게도 노동자 못지않은 노동이 있다' 이에 작자 이기영은 '그 두 가지는 그들 모두에게 공통된 운명이 아닐까?'라고 물으며 노동 지옥에서 벗어날 해결책으로 노농동맹을 제시한다. 작자의 이 같은 진단과 처방에 수긍하며 『고향』을 감상해온 것이 그간의 독법이었다. 이에 강한 의구심을 가진 필자가 혁명적 인텔리겐치아의 전형으로 등장하는 주인공 '김희준'의 개인사를 눈 흘겨보니, 그 진상은 이러했다.

'희준'은 야학 용품의 외상값을 칠팔 원 꾸어준 것뿐인데 자기를 무슨 부처님같이 아는 아내가 우습잖아 "아무리 무지하고 인색하기로 너 같은 것도 사람이냐"며 타박한다. 분한 대로 하면 아내를 당장에 박살을 내고 싶다. 들어오나 나가나 도무지 하나도 유쾌한 꼴을 볼 수가 없다. 도처에 무지와 반동이 날뛰고 있으니 말이다. 마침내 '희준'은 참다못해 주먹으로 아내의 턱주가리를 치받친다. '희준'은 열네 살 먹던 해 봄 열여섯 아내 '복임'과 결혼했다. 그 해 '희준'은 보통학교를 졸업했는데, 어린 맘에 처음엔 조혼을 거부했다. 그러나 유학을 조건으로 결혼했고 바로 상경했다. 방학에 간간이 집에 내려왔건만 매번 아내를 소 닭 보듯 하였다. 서울의 매끈한 여학생들에 비하면 아내는 마치 송충이같이 흉측해 보일 뿐이다. 그런데 '희준'의 온갖 구박과 무관심에도 아내 '복임'은 무슨 까닭인지 시조모와 시부모에게 효성이 지극하다. 충동적으로 관계한 후 아들 '정식'을 '복임'이 임신한 지 얼마 지나지 않아 '희준'은 드디어 일본으로 건너갔다. 그런 그가 지금은 아내가 그때같이 밉지는 않다. 아내와 가정에 대한 그전 생각을 모두 깨끗이 단념해서다. 그렇다고는 해도 소위 이상적 가정이란 '희준'에게 여전히 공상일 뿐이다.

조혼한 탓에 연애 경험이 없어 이성의 흡족한 사랑을 맛보지 못한 '희준'은 언제나 한구석이 빈 것 같은 인생의 공허를 느낄 때가 많다. 하루라도 빨리 손자가 보고 싶은 조부모의 욕심에 만 열세 살 조혼의 희생자가 된 '희준'으로서는 갖은 방법을 부려 이혼하고서 제각기 맘에 맞는 대로 새 아내를 얻어 사는 이들이 부러울 따름이다. '다다미(돗자리)와 여자는 갈아댈수록 좋다'는 말을 본받아서 연방 새 여자를 갈아들이는 그들이 용감해 보이기까지 하다. '헌 계집도 처음 얻으면 새 여자요, 숫처녀도 오래 살면 헌 여자가 된다'는 것이 '희준' 주변 사내들의 여자에 대한 지론이었다. 그들 사내는 모두 자기보다 훌륭한 여자를 맘대로 골라 가지고 사는 것 같다고 '희준'은 늘 생각한다. 그 일로만 보면 자기는 몹시도 못 생기고 빙충맞은 듯하다. 그런 '희준'이지만 농군들 앞에만 서면 폐부를 찌르는 연설을 토해내곤 한다.

그러면 옷과 밥과 집을 만드는 사람, 다시 말하면 노동자나 농민은 결코 천한 인간이 아니다. 도리어 그들은 모든 사람들을 잘살게 만드는 훌륭한 역군들이요 또한 그만한 힘을 가지고 있다. 그들이 부지런하면 천하에 못할 일이 없다. 보라! 이 원터의 넓은 들을 누구의 힘으로 저렇게 시퍼렇게 만들었는가? 또한 저 방축과 철도를 누구의 힘으로 저렇게 쌓아올렸는가? 저 공장에서 토하는 검은 연기는 누구의 힘으로 토하게 하는 것인가? 아니 여러분이 입으신 옷은 저 조그만 여직공인 처녀들이 연약한 힘을 합해서 올올이 짜낸 것이 아닙니까?

오랜 시간 연애감정을 키워온 '희준'과 '갑숙'의 대화 역시 진중하기가 앞의 연설만 못지않다. '희준'은 "한갓 육신을 사랑하는 본능적 사랑보다도, 더 고상하고 의의 있는 정신적 사랑으로 사귈 수 있게 된 것이 도리어 행복하다. 동지로서의 깨끗하고 넓고 큰 사랑은 가을 하늘과 같이 높게 개지 않으면 안 될 것이다"라고 '갑숙'에게 말한다. 그러나 아리따운 '옥희', 곧 '갑숙'이 지척에 보이면, "가까운 동지라면 왜 그의 육신까지 사랑할 수 없는가"라고 이내 자문한다. 사막에서 오아시스를 보고 그대로 지나가는 듯한 갈급증을 느끼는 것이다.

'김희준'의 내면 풍경은 그러했다. 『고향』의 또 다른 얼굴이다. 혁명의 서사로 읽기 원하는 독자의 눈에 『고향』은 식민지 조선의 혁명적 인텔리겐치아의 웅변으로 가득하다. 하지만 그 청자는 결코 농민과 노동자, 그리고 여성 하위주체들이 아니었다. 하여 좀 가혹히 말하면, 『고향』은 사회주의에 물든 지식인이 자신의 신념을 다잡는 데 필요한 주술 시가나 다름없다. 물론 "농민들의 모내기를 묘사한 부분, 춘궁을 겪는 빈농들의 고달픈 삶에 대한 묘사, 두레를 하면서 서로 화해하는 부분, 젊은 농촌의 남녀들이 서로 사랑하는 장면 등에서 농민의 정서가 흠뻑 밴 평이하고 질박한 민중적 언어의 사용이 그 극치에 달한다"는 어느 연구자의 과찬대로 이기영의 『고향』은 소박한 어휘와 표현만을 놓고 보자면 농민들의 일상에 육박해 있는 것이 사실이다. 그러나 거기에 담긴 시선과 정서는 아래 인용된 문장에서 보듯 대단히 남성 중심의 욕망에 사로잡혀 있다.

'에, 그 여편네 지금도 훌륭한걸! 젖퉁이가 포동포동하고 살 하나 군데없는 것이 마치 마름댁 암소 같구나!' 하고 군침을 꿀떡 삼켰다.

함함한 머리채! 달빛에 을비치는 하늘하늘한 인조견 치마 속으로 굼실거리는 엉덩이 그리고 통통한 두 팔목 잘룩한 허리! 인동이의 시선은 마치 불똥 튀듯 방개의 몸뚱이의 군데군데로 튀어 박혔다.

우리 근대의 루저들

인동이는 백중날 밤에 방개와 마지막으로 만나보던 근경을 그려보고 몸을 떨었다. 여자로서 매력있는 그의 성격을 잊을 수 없었다. 그의 독사와 같은 살찬 눈! 날씬한 스타일! 꼭 맺힌 입모습! 암상쟁이! 말괄량이! 그는 창부의 타입이나 결코 맛없는 여자는 아니었다.

월북작가들의 해금과 함께 1989년 풀빛출판사는 '한국근현대민족문학총서'를 발간하며 "일제하 최고의 농민소설로서 식민지 반봉건 체제하에 놓여 있는 조선 농촌의 황폐화와 급속한 계급분화 및 이에 맞선 농민·노동자들의 주체적 각성과 투쟁을 그린 작품"으로 『고향』을 광고했다. 반세기 전 한성도서주식회사가 내놓은 선전 문구가 그대로 부활한 것이다. 그러나 앞서도 이야기했듯이 『고향』은 농민과 노동자의 이야기가 아니다. 독자 역시 그들이 아니었음은 물론이다. '김희준'과 같은 사회주의 지식인들을 위한 자아도취의 변이자 자기최면의 주문이었다고 봄이 냉정한 이해일 것이다. 이에서 만나는 역사의 반전은 『고향』의 연재가 오늘날 보수언론의 대명사 ≪조선일보≫ 지면을 통해 이루어졌다는 사실이다. 그 우연은 뽕나무밭이 변하여 푸른 바다가 된 시간의 순리였을까? 아니면 어느 영화 제목처럼 '지금은 맞고 그때는 틀린 것' 뿐인가?

『고향』은 가혹하게 말하면 사회주의 인텔리겐치아가 쓴, 사회주의 인텔리겐치아를 위한 이야기다. 혹여 이를 예견했던 것일까? 『고향』이 발표되기 십여 년 전 김기진은 시 「백수(白手)의 탄식」(『개벽』, 1924. 6)을 통해 입으로만 혁명을 외칠 뿐 결코 노동자나 농민과 공감할 수 없는 지식인의 자기 기만술을 다음과 같이 비탄했다.

Cafe Chair Revolutionist,
너희들의 손이 너무도 희고나!

희고 흰 팔을 뽑내어 가며
입으로 말하기는 <우·나로드>,
60년 전의 노서아 청년의
헛되인 탄식이 우리에게 있다!

| 왼쪽은 신문 연재 종료 4년 뒤인 1938년 출판된 『고향』 초판본 상권의 표지, 오른쪽은 1947년 5판 판권지. 식민과 해방을 가로질러 『고향』의 대중적 인기가 얼마나 높았는지를 말해준다.

『고향』에는 '희비극'이라는 표현이 두 차례 나온다. 친부를 찾아 집을 나간 '경호'를 다시 데려오자는 아내의 말에 '상철'이 암만 자식이 없어도 남의 집 머슴의 자식에게 아버지 소리를 듣기는 싫다고 말하는 장면이 그 가운데 하나다. 자신이 설정한 이 신파를 두고 작자 이기영은 글의 표면에 나서 다음과 같이 탄식한다.

'오, 인간의 희비극이여!'

그 희비극은 비단 1930년대 식민지 조선의 현실만이 아닐 터, 소설『고향』그 자체가 좌파와 우파가 공모하여 저지른 불륜의 희비극임이 틀림없다, 분명.

1938년 『현대조선장편소설전집』에 『고향』을 수록하여 발간하면서 한성도서주식회사는 『삼천리문학』 1월호에 '세계적 수준을 능가하는 작품'으로 광고했다. 그 같은 선전 문구가 내걸린 데는 리얼리즘 창작방법론에 충실한 전형적 인물과 서사를 선구적으로 담아냈다는 평가가 있었기 때문이다. 경향소설의 가장 큰 문제점으로 지적받았던 관념성과 도식성을 극복한 프로문학의 최대 성과라 극찬받은 것이다. 그 명성을 증명이나 하듯 『현대조선장편소설전집』 발간한 해 전 고수명은 일본 잡지 『文學案內』에 『고향』을 일본어로 번역하여 연재했다. 해방 후에는 소비에트에서 번역본이 발간되는데, 조선의 계급문학 전체를 상징적으로 대표한 출간이었다.

| 이기영이 김일성종합대학을 방문했을 때 학생들에 둘러싸여 사인을 해주는 장면. 북한 문화계에서 최고위직을 두루 지낼 정도로 이기영의 작가적 위상은 매우 높았다.

| 이기영의 장편 대하소설 『두만강』 1, 2부 표지

　장편 대하소설 『두만강』(1952~1961)은 해방 후 창작된 이기영의 대표작으로 식민시기 그의 주요작 『서화』, 『고향』, 『신개지』, 『봄』 등의 종합판에 해당한다. 이 작품은 19세기 말에서 1930년대 초까지를 시간적 무대로 개항 이후 조선이 식민지 자본주의의 길로 접어드는 과정과 그로부터 나타난 사회적 변화를 그리고 있다. 봉건 지배층의 몰락에 이은 새로운 지배계층으로서 식민지 부르주아의 등장과 그 극복을 위한 민족해방투쟁을 총체적으로 형상화했다는 것이 북한문학계의 평가다. 『두만강』은 1960년 이기영에게 '조선인민민주주의공화국인민상'이라는 최고의 영예를 안겼다.

　월북시인 박세영의 미망인 김숙화의 회고를 소설로 쓴 리종렬의 「산제비」에는 월북문인들이 설날이면 문단 원로 이기영을 찾아가 세배를 하고, 밤이 늦도록 술을 마시며 남쪽 친구들을 그리워하는 장면이 나온다. 그 자리에서 송영, 엄흥섭, 박태원, 박산운, 김순석 등은 축배의 술을 들며 서로의 창작 성과와 무병장수를 축수했다.

어느 일루셔니스트(illusionist)의 방랑

1896년 고종이 일제의 감시를 피해 경운궁을 떠나 러시아 공사관으로 피신하며 걸었던 길, 이른바 '왕의 길(King's Road)'이 2018년 일반에 개방되면서 세간의 관심을 모았다. 복원 사업을 마치고서 서울시가 홍보에 적극적으로 나선 결과 젊은이들의 데이트 명소가 된 것이다. 그런데 그 길에는 실상 이름만큼 아름다운 역사가 서려 있지 않다. 고종의 행보는 왕의 위엄있는 행차와는 거리가 먼, 말 그대로 참담한 도피였다. 아관파천이 있기 십여 전 갑신정변(1884) 때에도 고종은 도망치듯 궁을 빠져나간 전력이 있다. 아관파천이 일본군의 위협 때문이었다면, 갑신정변 때는 청군 때문이었다는 점만이 달랐을 뿐이다. 그 긴박한 순간을 생생하게 전한 소설이 있다. 갑신정변 후 정확히 반세기 뒤 팔봉(八峰) 김기진이 쓴 역사소설 『심야(深夜)의 태양(太陽)』(≪동아일보≫, 1934. 5. 3~9. 19.)이 그것이다. 김기진이 재연해낸 그 결정적 장면은 다음과 같다.

> 상감께서는 무감의 등에 업히시어 병정 사오 명을 거느리시고 벌서 뒷산 기슭으로 올러가시고 계신 모양이 멀리 건너다보인다.
> 「전하께서는 어데로 행차하십니까! 잠간만 정지하십시오……」
> 「거기 가는 군사야, 대가를 잠간만 정지해라!」
> 두 사람은 북산을 바라보며 목구녕을 쥐어짜면서 큰 소리로, 도망가시는 상감을 불럿다. 상감을 모시지 안코 어떠케 일을 하나! 상감이 가시면 이 일을 어찌하나! 이것이 모도 곤전의 계교에서 나온 일이다!

1882년 임오군란 전후부터 1884년 갑신정변 후 개화당 일파가 일본으로 망명할 때까지를 배경 삼은 『심야의 태양』에는 계급문학적 관점이 투영되어 있다. 이 작품에서 김기진은 갑신정변 주역들의 행적을 마치 르포르타주처럼 전한다. 대원군의 실각 이후 민씨 일족에 의해 권력이 독점되자 '김옥균'을 중심으로 한 개혁당은 일본공사 '죽첨'의 도움을 약속받고 정변을 거행한다. 그러나 '민비'가 청나라 군대를 궁으로 불러들이면서 전세가 불리해진 것을 알아차린 '죽첨'은 일본 군대를 철수시킨다. 한편 변변한 무기를 갖추지 못한 조선 군사들은 도망가기에 급급했다. 정변은 그렇게 실패로 돌아가고, 살아남은 '김옥균'과 소수의 개혁당원은 망명길에 오른다. 거사의 실패 원인이 백성의 지지 없이 외세에 의존한 데 있었다고 판단한 '김옥균'은 자책감에 괴로워한다. 소설은 그렇게 선상에서 멀어져 가는 고국산천을 바라보며 '김옥균'이 금릉위 '박영효'와 권토중래를 다짐하는 장면에서 끝이 난다.

| 망명 시절의 김옥균. 갑신정변 실패 후 망명길에 오른 김옥균은 1886년 8월 일본 최남단 오가사와라(小笠原) 제도의 작은 섬에 유배됐다. 식민시기 조선에서는 영화, 희곡, 연극, 음반에 이르기까지 '김옥균 신드롬'이 일었다. 김기진의 『심야의 태양』은 그 같은 분위기에서 연재되었다.

김기진이 기억해낸 개화당은 사농공상(士農工商)의 계급차별을 철폐하고 민중의 생활을 좀먹게 하는 양반계급을 일소해 버리는 일을 제일의 과제로 내세운 개혁가들이다. 그들은 인민 평등주의를 세우고 산업을 왕성하게 일으켜서 국가를 부강하게 만들

고자 한다. 이를 위해 청국으로부터 완전한 독립을 이루어내는 일이 시급했던 만큼 수구당과의 전면전이 불가피할 수밖에 없었다는 것이 김기진이 바라본 개화당 삼일천하의 진상이다. 이처럼 김기진은 한편으로는 계급의식의 관점에서, 다른 한편으로는 국가주의적 시선에서 '갑신정변'이라는 역사적 사건에 접근한다. 그리고 이 양자를 결합할 강력한 정치 담론의 작동을 상상한다. 개화당의 정신적 스승으로 등장하는 인물 '유대치'의 다음과 같은 전언에 그 핵심 사상이 정확히 드러나 있다.

내가 오늘날까지 세상일에 눈을 뜨기 시작하야 십여 년, 조선을 개혁하고 조선 민족이 동양에서 으뜸되는 민족이 되게 하고 싶다는 소견을 품고 온 지 십여 년, 그동안에 허다한 사람과 교제하여 왔으나 일직이 백성의 힘을 말하는 사람이 잇는 것을 보지 못하엿소...(중략)... 항상 그 시대(時代)와 문제를 부처가지고 생각하지 않으면 똑바른 결과를 얻기가 어렵소. 백성이 풍족하게 살고, 교화(教化)가 진보되고, 나라가 부강(富强)한 시대는 통틀어 말해서 백성이 총명하며, 백성의 힘이 잇고 그 반대로 백성이 가난하고 교화가 퇴보되고 나라가 쇠잔한 시대는 백성이 우매하며 백성의 힘이 없다 해도 가한 것임으로 이런 시대는 백성의 선두에 서서 잇는 한두 사람이 일을 하기에 달렷다 하는 것이올시다.

위 인용문에서 보듯 김기진은 개화당의 정치적 지향을 민족주의 이념의 구현으로 바라봤다. 그런 관점에서 『심야의 태양』이 말하는 '심야'와 '태양'의 상징성은 익히 짐작된다. '심야'란 풍전등화 같은 국운이요, '태양'은 그 같은 시련을 헤쳐나갈 존재로서 민족의 지도자일 것이다. 그렇듯 김기진은 역사적 시공간으로서 '개화기'를 민족주의가 발화되는 장으로 이해했다. 그리고 그 연장선에서 식민지 조선이 당면한 계급모순은 민족모순을 선결함으로써 해소될 수 있다고 확신했다. 계급의식이 투영된 민족 이야기 『심야의 태양』은 그러한 역사의식으로 조율된 작품이었다.

김기진은 초창기 카프의 이론적 논의를 실질적으로 주도한 지도자였다. 그는 1931년 카프 1차 검거 때 불기소 처분을 받고 풀려난다. 그리고 1934년 7월 일명 '신건설사건'으로 불리는 2차 검거 시에는 체포를 면한 후 김남천, 임화 등과 자진 해산계를 제출한다. 이 일련의 검거 소용돌이 와중에 김기진이 《동아일보》에 연재한 작품이 『심야의 태양』이다. 이 작품이 역사소설임에도 계급문학의 성격을 견지한 배경엔 김기진의 그와 같은 사상 전력이 자리하고 있다. 그러나 김기진이 『심야의 태양』의 신문 연재를 결심한 결정적 이유는 돈이 필요해서였다. 김기진은 후

일 그 사정을 이렇게 밝혔다.

> 형님이 감옥에서 나올 날이 몇 달 안 남았다. 적어도
> 五十圓은 있어야 이것저것 준비를 하겠는데 돈을 만들 길
> 이라고는 신문소설을 쓰기로 하고서 신문사로부터 미리
> 원고료 일부분을 선불해 달라고 조르는 길밖에 생각나
> 지 않는다. 그리고 교섭해 볼 만한 상대로는 동아일보밖
> 에 없기 때문에 나는 그전부터 金玉均에관한 이야기를 소
> 설로 한번 써보고 싶던 터인지라 용기를 내 가지고 東亞日
> 報社로 古下 宋鎭禹사장을 찾아가서 나의 사정을 털어놓고
> 말씀드렸다.

실제로 김기진은 계급문학의 관점에서 쓰인 이 역사소설의
연재 예고 광고에서 그 창작 동기와 관련하여 특별히 이렇다 할
역사의식을 강조하지 않았다. 흥미로운 사실은 이 무렵 그가 역
사소설을 두고서 '조선문학의 큰집의 전면을 차지한 대중독물(大
衆讀物)'로 평했다는 것이다. 당대 대중적 영향력이 가장 큰 통속
소설이 역사소설이라는 의미에서였다. 한때 문학 대중화와 관련
하여 이론적 논의를 펼쳤던 김기진이 그 실질적인 대안으로 역사
소설을 의식했음을 보여주는 대목이다. 일찍이 김기진은 통속소

설이 갖는 구체적인 특질을 제시한 바 있다. 그는 보통의 견문과 지식을 지닌 대중을 예상 독자로 상정한 가운데 '부귀', '공명', '연애'와 거기서 생기는 갈등을 제일의 모티프로 거론했다. 그리고 사상적인 측면에서는 '영웅주의'를 지목했다. 이들 요건을 충족시킬 문예로 역사소설만 한 창작은 없을 것이다.

물론 김기진이 역사소설을 마냥 긍정적인 시선으로만 바라본 것은 아니다. 그는 저널리즘 상업성과의 결합을 역사소설이 타락한 원인으로 진단했다. 개인적인 충의, 도의, 정열, 애욕 등 감정적이고 관념적인 차원에서 전국적(全局的) 사건을 취급하는 방식을 역사소설의 한계로 지적한 것이다. 그러나 김기진은 자신의 창작『심야의 태양』은 바로 이러한 흠에 붙들리지 않은 역사소설이라 자부했던 듯하다. 그럴 만한 근거가 있다. 이 작품의 창작 과정에서 김기진은 고증에 충실을 기했다. 일례로 작품 연재 중 금릉위 박영효로부터 당시의 사실과 다소 다른 점이 있다는 주의를 받았을 때는 연재 종료 시점에서이긴 하나 앞선 연재의 내용을 바로잡기도 했다.

『심야의 태양』이 통속적인 역사소설이 아니라는 근거는 다른 작품에 미친 영향에서도 확인된다. 식민시기 전반에 걸쳐 '김옥균'은 한일 양국에 걸쳐 가장 주목받은 역사적 인물이었다. 그런 만큼 그의 생을 재현한 문예 작품이 줄기차게 생산되었다. 식민

지 조선에 처음 등장한 역사극 아키타 우자쿠의 〈金玉均の死〉(『인간』, 1920. 1), 이를 흰뫼 김환이 조선어로 번역한 〈김옥균의 죽음〉(『창조』, 1920. 7), 김동환의 〈김옥균의 최후〉(『조선지광』, 1927. 1) 김진구의 〈대무대의 붕괴〉(『학생』, 1929. 5~8)는 이른바 '김옥균 서사'를 바탕으로 창작된 역사극들이다. 그 계보는 박영호의 〈김옥균의 사〉(『조광』, 1944. 3~5)로 이어지는데, 그 창작 과정에서 박영호는 김기진의 『심야의 태양』을 저본 삼았다. 갑신정변의 준비에서부터 삼일천하까지를 다룬 제1막, 갑신정변 실패 후 일본으로의 망명 과정에서 겪는 우여곡절을 다룬 제2막의 종결에 이르기까지 두 작품의 이야기 시간이 동일한 것을 볼 수 있다. 『심야의 태양』 연재가 끝나는 시점에서 김기진은, "잠시 중단하얏다가 다시 붓을 들 것을 독자 제씨에게 약속하며 『심야의 태양』은 『청년 김옥균』의 전편"이라 말함으로써 그 후속편을 예고했다. 결과적으로 김기진이 미처 쓰지 못한 이 후편을 박영호가 〈김옥균의 사〉 창작으로 완결한 셈이다. 김기진이 후편을 쓸 명분은 그렇게 사라졌고, 『심야의 태양』은 1936년 『청년 김옥균』으로 개제되어 한성도서에서 단행본 출간되었다.

『심야의 태양』 연재가 종료되고 얼마 지나지 않아 김기진은 전격적으로 전향을 선언한다. 그리고 곧이어 조선총독부의 외곽 단체로 설립된 〈조선문인협회〉 발기인으로 참여한다. 그렇게 돌변한 김기진의 친일 행각은 해방 직전까지 계속된다. 그 한 예로 조선총독부가 1943년 8월 1일 '조선징병제실시' 계획을 발표한 뒤 '징병제실시감사결의선양운동주간'을 선포하자 ≪매일신보≫가 특집으로 연재한 징병제실시 찬양 시화에 맨 처음 이름을 올린 사실을 들 수 있다. 「님의 부르심을 바쓸고서」라는 제목으로 김기진이 발표한 시의 내용은 이러했다.

반도의 아우야, 아들아, 나오라!
님께서 부르신다, 동아 백만의 천배의
용감한 전위의 한 부대로 너를 부르신다,
이마에 별 붙이고, 빛나는 별 붙이고 나가자.

어머니의 품에서부터 그리워하던 그 별—
오오, 이제부터 우리 사랑하는 청년의 이마 위에 빛나네.
나라를 위해 목숨을 바치는 영광의 날이 오고야 말았다
죽음 속에서 영원히 사는 생명의 문 열려졌구나

반도의 청년을 전장으로 불러내는 이 시에서 '님'이 일본 천황을 가리킴은 두말할 나위가 없다. 그렇게 낭만주의 문학청년은 좌익이론가라는 허물을 벗고 친일의 선봉에 섰다. 변신은 그로 끝이 아니었다. 이참에 그는 극렬 반공작가로 재생한다. 한국전쟁 당시 서울에 남았던 김기진은 인민재판에 회부되어 즉결처분을 받는다. 그러나 기적적으로 목숨을 부지한 그는 이후 대구로 피난하여 육군종군작가단에 입대한다. 이 활동으로 '금성화랑무공훈장'을 받았다. 성기게 살펴보아도 김기진의 파란만장한 생이 한눈에 담기지 않는다.

| 1950년 7월 2일 지금의 서울시의회 건물 앞에서 벌어진 인민재판 현장. 검은 양복을 입은 김기진이 손이 묶인 채 서 있다.

이념의 변곡점이라 할 이들 사건 외에도 김기진의 화려한(!) 행보는 그야말로 화수분이 따로 없다. 식민시기 ≪매일신보≫,

≪시대일보≫, ≪중외일보≫ 기자 생활을 했던 경력이 해방 후 ≪경향신문≫ 주필로 이어졌고, 잠시지만 출판 인쇄업 '애지사(愛智社)'를 운영하기도 했다. 그런가 하면 일찍이 자신의 형 김복진, 박승희, 이서구 등과 함께 동경유학생들의 문예 서클 '토월회'를 조직하여 초창기 활동에 참여했다. '현실(土)을 도외시하지 않고 이상(月)을 좇는다'는 뜻을 내걸고 창립된 토월회는 후일 본격적인 연극단체로 변모하며 식민지 조선 신극 운동의 선구적 역할을 한 극단이다. 김기진이 그 씨를 뿌린 한 사람인 셈이다.

| 1922년 극단 〈토월회〉의 창립동인들이 도쿄에서 찍은 사진. 왼쪽부터 박승희, 이서구, 박승목, 김기진의 형 김복진, 뒷줄 가장 오른쪽이 프롬프터 김기진이다.

한때 계급문학 이데올로기의 전파자를 자처했던 김기진이 프로문예의 통속화를 주장하며 중편 「해조음(海潮音)」(1930. 1. 15~7. 24.)을 ≪조선일보≫에 연재한 사실 역시 이채롭다면 이채로운 이력이 아닐 수 없다. 함경남도 신창항 부근 정어리잡이 어부들의 애환을 그린 이 작품에는 주모 '북평집'의 애증사가 한자리를 차지하며 독자에게 통속적 재미를 선사한다. 이렇듯 그 부침을 다 헤아리기 어려울 정도로 복잡다단한 김기진의 생애는 가히 한국 근현대사의 색인에 값한다. 그 번다한 와중에도 김기진이 이념의 파고에 휩쓸리지 않은 적이 단 한 차례도 없었다는 사실은 경이롭기까지 하다. 사회주의에서 제국주의로, 다시 반공이념으로 현기증 나는 그의 롤러코스터 인생역정은 격동의 시대에 온 몸을 던진 지식인의 처절한 투쟁의 궤적이었던 것일까? 그것이 아니라면 현란한 복화술로 무장한 어느 일루셔니스트(illusionist)의 생존 전략이었을까? 혹 비운의 혁명가 김옥균의 환생은 아니었을까? 이들 질문에 쉬 답하지 못하는 건 김기진의 이념 방랑기가 필자의 이해를 훌쩍 넘어서 있기 때문이리라.

매듭 풀이

1923년 『백조』 동인으로 참여한 김기진은 시 「한 갈래의 길」을 발표한다. 그 끝자락은 이렇다.

오랫동안을 아무 말 없이
추움, 괴로움, 싸워가면서
벌레에게 파먹혀가면서
여기까지 더듬어왔다.

아무 말 없이 오랫동안을
나는 이 길을 더듬을 터이다.
한량도 없는 이 가슴속의
한 갈래인 오직 이 길을.

청년 김기진은 이 시를 통해 양심적인 지식인으로 살아가리라 선언했다. 그후 그는 배재고보 동창 박영희와 함께 카프의 전신 파스큘라의 결성을 이끈다. 시인으로 문단에 진출한 김기진은 신경향파 문학을 주창하며 소설 창작을 겸했다. 신경향파 문학의 대표작으로 꼽히는 단편 「붉은 쥐」(『개벽』, 1924. 11)는 바로 이때 쓰인 작품이다.

| 1923년 김기진이 참여한 순수문학 동인지 『백조』 창간호 표지. 아이러니하게도 백조파에 강한 반감을 지니고 있던 김기진의 와해 공작으로 『백조』는 3호에서 종간되었다.

생의 밑바닥에서 쥐처럼 살아가는 무산대중의 생존을 은유한 단편소설 「붉은 쥐」에서 김기진은 주인공 '박형준'의 입을 빌려 당대 인텔리겐치아의 내적인 번민을 대변한다. 가난한 이웃들이 모여 사는 줄행랑에서 셋방살이하는 '형준'은 삶과 죽음의 경계를 넘나들며 무기력한 삶을 지속하는 인물이다. 그러던 어느 날 소방차에 치여 죽은 붉은 쥐의 시체를 보고 강렬한 생명의 충동에 사로잡힌 '형준'은 눈앞에 보이는 가게에 들어가 닥치는 대로 물건을 훔쳐 달아나면서 살아남기 위해 저지른 불가피한 행위라 정당화한다. 이러한 '형준'이 '점잖은 도둑놈들'이라 부르는 이들에게 강한 불만을 느끼며 그들 속에서 살아남으려 스스로 익힌 쥐의 생존법은 다음과 같다.

그렇다. 사람은-짐승은, 생명을 그와 같이 사랑한다. 어느 때, 언제, 어느 곳, 어디서, 이 피 묻어 창자까지 튀어져 나온 붉은 쥐와 같이 죽어버릴는지는 모르나 불쌍한 사람들은 쥐새끼와 같이 돌아다니지 아니하고는 못산다. 아침부터 저녁까지, 또는 저녁부터 아침까지 눈깔이 빨개가지고 돌아다니는 사람을 보아라. 행길에 죽어 자빠져 있는 붉은 피 묻은 쥐와 무엇이 다르랴. 저 사람의 엿을 보기를 쥐같이 하고, 저 사람의 방심(放心)한 틈을 노리고 기다리기를 쥐같이 하고, 저 사람 몰래 도적질하기를 쥐같이 하고, 저 사람을 헐뜯기를 쥐가 물건을 쏘아놓듯 하고, 저희끼리 싸움하기를 쥐같이 하고, 저 사람의 집을 치기를 쥐같이 하고 저 사람을 속이기를 쥐같이 하는 것이 사람이다. 만물의 영장(萬物靈長)인 사람이다.

예의 신경향파 문학이 그렇듯 김기진의 소설 역시 자극적이고 원색적인 표현을 동원해 충동적인 절도, 살인, 방화 등으로 끝난다. 지식인의 관념적이고 감상적인 넋두리로 제기된 계급 갈등이 어김없이 개인적인 복수로 해소되는 것이다. 「붉은 쥐」가 이를 여실히 보여주고 있는 셈이다.

친일과 민족의 이분법 너머

한국 최초의 시 전문지 『장미촌』 창간 동인으로 문단에 들어선 회월(懷月) 박영희는 낭만주의와 상징주의 문학을 소개한 잡지 『백조』의 동인으로도 활동했다. 그런 회월은 카프의 지도자 격으로 프롤레타리아 문학운동을 이끌며 극좌적 평론가이자 소설가로 변신한다. 그러나 일련의 이론 논쟁을 거치며 계급문학에 회의를 느낀 그는 1934년 자신이 결성을 주도한 카프를 탈퇴하기에 이른다. 이때 남긴 저 유명한 말이 "얻은 것은 이데올로기요, 잃은 것은 예술이다"다. 그렇게 예술주의로 회귀를 선언한 박영희는 이후 창씨개명과 함께 〈조선문인보국회〉 총무국장이 되어 친일의 길을 걷는다. 박영희의 이 귀신같은 전향의 변장술에 비할 때 차라리 초라하기까지 한 이력의 소유자가 「사하촌(寺下村)」(≪조선일보≫, 1936. 1. 9~23.)의 작자 김정한이다.

| 1933년 남해공립보통학교 교사 시절 김정한의 모습이 담긴 사진. 뒷줄 왼쪽에서 네 번째가 김정한이다. 세 해 뒤 김정한은 《조선일보》 신춘문예에 당선되어 작가의 길로 들어선다.

식민지 조선 농민들이 처한 척박한 현실과 그들을 잔혹하게 수탈하는 친일파 승려들의 만행을 그린 「사하촌」은 신춘문예 당선작으로 김정한이라는 이름을 문단에 알린 수작이었다. 1932년 일본 와세다대학 부속 제일고등학원에서 수학 중 여름 방학을 맞아 잠시 귀국한 김정한은 양산 농민조합 활성화 사업에 참가했다는 이유로 피검된다. 이때의 경험에 바탕해 쓴 「사하촌」은 그간 한국 근대 사실주의 농민문학의 대표적인 성과로 대접받아왔다.

| 소설「사하촌」의 모델로 알려진 1936년 동래 범어사 전경

　　김정한의 또 다른 대표작「항진기(抗進記)」(《조선일보》, 1937.
1. 27~2. 11.) 역시「사하촌」과 유사한 맥락의 작품이다. 십 년 넘게
소작해 온 경작지를 하루아침에 빼앗길 위기에 처한 '두호'와 그의
아버지 '박첨지'가 마을 사람들과 힘을 합쳐 모내기를 강행함으로
써 마름의 횡포와 농간에 맞선다는 것이 그 내용이다. 이 두 작품
은 농민이 변혁의 주체이자 주인공으로 등장한다는 점에서 농민
을 단순히 계몽의 대상으로 다룬 이광수의『흙』, 심훈의『상록수』,
이기영의『고향』과 그 결을 달리한다. 불의에 저항하며 앞을 향
해 나아간다는 뜻의 제목이 걸린「항진기」, 그리고 성동리 소작농
들이 차압 취소와 소작료 면제를 탄원하기 위해 수탈의 본거지를

불태울 작심으로 '보광사'로 향한다는 결말의 「사하촌」이 농민문학의 새로운 지평을 연 작품들이라는 데 이의를 제기하기는 어렵다. 주목할 사실은 그와 같은 성과를 이뤄낸 김정한이 계급문예의 실천을 모토로 내건 카프 계열과 거리를 두었다는 점이다.

한편 일반 독자들에게는 다소 생소한 「추산당과 곁사람들」(『문장』, 1940. 1)은 이념의 그늘을 드리우지 않은 사실주의 작품으로 김정한의 또 다른 소설 세계를 보여준다. 이야기 전달자 주인공 '명호'는 재종조 '추산당'의 부름을 받는다. 대처승으로 막대한 전답을 소유한 자산가 '추산당'은 한때 '명호'를 일본으로 유학 보낸 적이 있다. 그러나 '추산당'의 양아들 '구룡'의 농간에 '명호'는 학업을 중단하고 귀국해야 했다. 그때의 서운함에 임종을 앞두고 있다는 소식을 듣고서도 '명호'는 '추산당'을 찾지 않는다. 친인척들이 모두 '추산당'의 재산을 탐내며 앞다투어 병문안을 핑계로 모여들 때도 그 같은 오해를 받을까 가지 않은 것이다. 공교롭게도 '명호'의 병문안이 있는 날 '추산당'은 죽음을 맞는다. 단말마를 토해내는 순간까지도 '추산당'의 탐욕은 식지 않았다. 그는 머리맡에 두었던 토지 대장을 덥석 꺼내 쥐고는 눈을 무섭게 희번덕거리며 경풍 든 사람처럼 전신을 덜덜 떨었다. 그렇게 '추산당'이 죽자 상속 문제를 놓고 곁사람들(일가붙이) 사이에 한바탕 아귀다툼이 벌어졌다. 양아들 '구룡'이 유서와 도장을 숨긴 사실에 분노한 곁사람들이 인사불성이 되도록 그를 구타한 것이다. 「추산당과 곁사람들」은 그렇듯 물욕에 찌든 이들로 넘쳐난다. 그들의 후안무치한 탐욕은 심지어 미처 재가 되지 않은 '추산당'의 주검마저 희롱할 만치 잔인했다. 호기심에 화장터에 끝까지 남은 '명호'는 그 날것을 목격하고야 만다.

> 명호는 놀라서 소리를 지를 뻔하였다. 인부들은 추산당의 두골을 대창으로 이리저리 굴리고 있지 않은가! 그러면서 허허야 하고 웃어댔다. 장난으로 보아 넘기기에는 너무나 몰강스런 그들의 태도에, 명호는 별안간 노기가 뭉클 치밀어서 우산을 덜컥 집어들었다. 만약 그들이 곧 그 두골을 에워싸고 조용히 머리를 맞대고 둘러앉지 않았더라면 틀림없이 명호는 그곳을 뛰어갔을 것이다. 그러나 세 사람이 다 이젠 소리를 내서 웃지도 않고 가만히 그 두골에 손을 대는 것을 본 명호는 그만 머리끝부터 발끝까지 소름이 쭉 끼치는 것 같았다.
> '말로만 들었더니, 정말 금니를 빼는구나!'

그렇다고 해서 '명호'의 마음 한구석에 곁사람들과 같은 물욕이 전연 없는 것은 아니었다. 지식인 특유의 체면치레가 스멀스멀 피어오르는 욕망을 일시 억눌렀을 뿐이다. '명호'의 이 정신적 분열은 같은 지식인인 「항진기」의 '태호'에게서는 볼 수 없는 면모다. 배움은 없으나 성실한 동생 '두호'와 달리 '태호'는 입으로 늘 무슨 주의니 뭐니 하고 떠들면서도 술이나 처먹고 한숨이나 쉬고 기생집에 누워서 축음기 소리에 눈물이나 흘리는 감상주의자다. 레닌을 들먹거리면서 인식 부족과 사회적 훈련 부족을 동생에게 지적하는 얼치기 사회주의자다. '태호'를 향한 서술자의 비판적 시선은 「추산당과 곁사람들」의 주인공 '명호'에게로 옮겨지는데, 당시 작자 김정한의 사상적 속살을 이에서 엿볼 수 있다.

　김정한의 삶과 작품이 보여준 이념적 견결성은 분명 한국문학사에서 그 전례를 찾기가 쉽지 않다. 그런데 추호의 의심도 없어 보이던 그 이력에 쉬 믿기지 않는 사실 하나가 2004년 학계에 보고됐다. 이른바 친일문학의 대열에 김정한이 섰다는 것이다. 김정한은 「추산당과 곁사람들」의 발표 세 해 뒤인 1943년 잡지 『춘추』에 〈인가지(隣家誌)〉라는 희곡을 게재했다. 이 작품은 곧 전장으로 향해야 할 '개동'을 혼인시키려는 아버지와 어머니, 아내로 점찍은 여자 사이에서 벌어지는 촌극을 통해 지원병 가족을 힘써 도와야 한다는 주제의식을 뚜렷이 내세우고 있다. 일제 말 '총후국민총력운동' 실천을 선전한 이른바 국책극인 셈이다. 아이러니하게도 이 〈인가지〉를 발굴하여 학계에 알린 이는 김정한의 제자 박태일 교수다. 박 교수는 '친일'이 아닌 '부왜(附倭)'라는 용어를 제시하며 국권 회복기나 나라 잃은 시기 동안 제 이익을 위해 왜에 빌붙어 겨레에게 해코지한 문학을 곧 '부왜문학'으로 지칭할 것을 제안했다. 〈인가지〉가 바로 그 부왜문학에 해당한다는 주장이다.

| 김정한의 희곡 〈인가지〉가 실린 잡지 『춘추』 1943년 9월호 표지. 식민시기 말 전시동원체제의 사회 분위기를 잡지 표지에서 느낄 수 있다.

　　박 교수도 첨언했듯이 친일문학 또는 부왜문학으로 판명 났다는 사실이 곧 그 작가를 친일인사로 낙인찍을 절대적 근거가 되지는 못한다. 친일이라 부르든 부왜라 부르든 하나의 문학 작품을 오롯이 정치적 산물로 간주하는 시각은 절대자에 세상 모든 것을 귀결시키는 일자화(一者化)나 다름없다. 더욱이 작가의 손을 떠난 이상 텍스트 내외의 담론에 대한 최종 판단은 독자의 몫일 수밖에 없다. 다소 과격하게 말하자면 외부 문맥에 얽매인 평

가와 감상은 자칫 특정 이데올로기에 문학을 봉헌하는 일과 다르지 않다. 그 순간 문학은 더 이상 문학으로서의 존재 의의를 지닐 수 없다. 나쁜 날씨란 없듯이 나쁜 문학도 없다. 다만 나쁘게 이용되는 문학만이 있을 뿐이다. 그간 우리 문화예술계는 친일(혹은 부왜)과 민족이라는 이항대립으로 설계된 뫼비우스 띠 위에서 탈주하지 못했다. 그 참담한 결과에 대해 박영희는 '예술이 사라진 자리 이데올로기라는 거죽만이 남게 될 것'이라 예언하지 않았던가. 현실을 직시하되 이념이라는 유령에 붙들리지 않고자 했던 김정한의 문학이 이 위태로운 사태를 넘어설 하나의 시금석(touchstone)일 수 있다는 생각은 필자만의 소박한 판단일까? 그와 같은 바람이 언젠가는 이루어지리라는 믿음에 김정한이 기록한 맛깔난 우리말 몇을 소개한다.

- 시뻐하다: 못마땅하게 생각하다.
- 뼈물다: 무슨 일을 하려고 단단히 벼르다.
- 엉세판: 살아가기 어렵도록 가난한 형세
- 안돌이지돌이: 험한 벼랑길에서 바위 같은 것을 안거나 등에 대고 겨우 돌아가게 된 곳
- 시틋한: 싫증이 난
- 곱다시: 그대로 고스란히

- 물쿠다: 날씨가 찌는 듯이 더워지다.

- 팔초하다: 얼굴이 좁고 턱이 뾰족하다.

- 엉너리: 남의 환심을 사려고 어벌쩡하게 서두르는 것

- 장도감을 치다: 함부로 야단을 치며 크게 풍파를 일으키다.

- 널감: 죽을 날이 가까워진 늙은이를 농조로 이르는 말

- 다랍기도: 아니꼬울 만큼 잘고 인색하기도

- 울가망: 근심스럽거나 답답하여 마음이 편하지 않음

- 엄펑소니: 엉큼하게 남을 속이거나 골탕 먹게 하는 짓

- 먹 진 놈 섬 진 놈: 먹을 진 사람 섬을 진 사람이라는 뜻으로 여러 가지 짐을 진 사람을 가리킴

- 걸쌍스럽다: 성미가 별나고 억척스럽다.

매듭 풀이

공식적으로 1943년 절필을 선언했던 김정한은 1966년 토지를 둘러싸고 불합리한 관계가 계속되는 현실을 폭로한 단편「모래톱 이야기」를 발표하며 중앙문단에 복귀한다. 이 작품의 프롤로그에서 김정한은 소설 창작을 재개하게 된 사정을 이야기한다.

이십 년이 넘도록 내처 붓을 꺾어오던 내가 새삼 이런 글을 끼적거리게 된 건 별안간 무슨 기발한 생각이 떠올라서가 아니다. 오랫동안 교원 노릇을 해오던 탓으로 우연히 알게 된 한 소년과, 그의 젊은 홀어머니, 할아버지, 그리고 그들이 살아오던 낙동강 하류의 어떤 외진 모래톱-이들에 관한 그 기막힌 사연들조차도, 마치 지나가는 남의 땅 이야기나, 아득한 옛날이야기처럼 세상에서 버려져 있는 데 대해서까지 차마 묵묵할 도리가 없었기 때문이다.

우리 근대의 루저들

| 「모래톱 이야기」의 주인공 '건우'가 나룻배를 타고 조마이섬(을숙도)에서 통학했던 낙동강을 거슬러 오르는 작자 김정한

　박태일에 따르면, 김정한은 절필 기간으로 알려진 시기에도 창작을 지속했다. 희곡 〈인가지〉(1943)를 비롯해 「옥중 회갑」(1946), 「설날」(1947), 「농촌세시기」(1954) 등 13편에 이르는 작품을 발표한 것이다. 1960년대 중반 서울의 새로운 문학평론가 그룹이 자신들의 담론 기반과 구체성을 확보하기 위한 증거로 김정한의 인터뷰와 절필을 부각한 결과 기정사실로 굳어지면서 한 편의 신화가 만들어진 것이라고 박태일은 말한다.

| 서울 대학로 흥사단 강당에서 열린 〈민족문학작가회의〉 창립총회. 〈자유실천문인협의회〉
는 출범 13년 후인 1987년 9월 17일 진보적인 문인단체 〈민족문학작가회의〉로 확대 개편
된다. 백낙청, 신경림, 김정한이 초대 의장으로 추대됐다.

「모래톱 이야기」 발표 이후 김정한은 양반 집안의 며느리 '가야
부인'을 중심으로 5대에 걸친 가족사를 통해 민족의 수난과 저항의
역사를 그린 중편 「수라도(修羅道)」(1966)을 발표하면서 문단 활동을
활발히 이어갔다. 1987년에는 민족문학의 구심점을 마련하고, 민주
화와 남북통일에 이바지하고자 기존의 〈자유실천문인협의회〉를 확
대·개편해 창립된 〈민족문학작가회의〉의 초대 의장에 추대되기도 했
다. 그렇듯 김정한은 식민시기 이래 국가 권력의 폭력에 신음하는
민중의 삶과 부당한 현실에 깊은 관심을 가졌다. 작가 본업으로서의

창작은 물론 현실 참여적 발언과 실천을 꾸준히 행한 것이다. 실제로 문학계에서 김정한은 민족사의 질곡과 소외된 주변부 인간의 현실 타개를 위해 노력한 지식인의 귀감으로 존경받았다.

'노마'는 어른의 아버지

　　『장자(莊子)』「제물론(齊物論)」에는 다음과 같은 구절이
나온다.

　　予惡乎知惡死之非弱喪而不知歸者邪

　　"죽음을 싫어하는 것이 어려서 고향을 떠나와 돌아갈 줄 모
르는 것이 아닌 줄 내가 어찌 알겠는가"라 풀이되는 위 말은 삶에
대한 지나친 집착을 경계한 데 그 속뜻이 있다. 이에서 '약상(弱
喪)', 곧 너무 어린 나이에 고향을 떠나온 탓에 돌아갈 길을 잃어버
리고 말았다는 대목에 눈길이 멈춘다. 그것이 단순히 고향을 잃
거나 빼앗겼다는 의미의 실향(失鄕)이 아닌 어린 시절의 순수를
뜻하는 본향(本鄕)의 상실로 읽히기 때문이다. 그 순간 '무지개'라
는 제목으로 잘 알려진 윌리엄 워즈워스(William Worsworth)의 시

「My heart leaps up」의 한 구절 "어린이는 어른의 아버지(The child is father of the Man)"를 자연스레 떠올리게 된다. 우리 근대문학사에도 이에 대적할 만한 통찰을 보인 작가가 있으니, 소년소설의 개척자로 알려진 '현덕'이다. 일명 '노마 연작'으로 불리는 현덕의 대표작 「남생이」, 「경칩」, 「두꺼비가 먹은 돈」은 모두 같은 해에 발표되었다. 이들 작품에는 식민시기 농촌의 현실과 공동체의 해체 과정, 그리고 이후 그 구성원들이 도시 변두리로 이주하여 겪는 궁핍상이 핍진하다.

| 1938년 1월 7일 자 ≪조선일보≫ 신춘문예 당선자 소개 란에 실린 현덕

「남생이」(≪조선일보≫, 1938. 1. 8~25.)의 주인공 '노마'는 병든 아버지의 잦은 부름을 모른 체한다. 어머니에 대한 반항심 때문이다. 아버지를 자신에게 맡긴 어머니만 좋은 옷을 입고 항구에서 늘 다른 남자들과 즐거운 시간을 보내는 데 샘이 나서다. '노마' 아

버지는 고향을 떠나 인천의 변두리로 이주해 항구에서 짐을 지고 나르며 생계를 유지했다. 그러던 중 몸이 망가져 더 일할 수 없게 되었다. 그러자 '노마' 어머니가 들병장수로 항구에 나간 것이다. 거기서 만난 떠돌이 이발사 '바가지'는 '노마' 어머니에게 지분거리며 장사를 방해하거나 '노마' 아버지를 찾아와 신세를 한탄한다.

| 1910년경 인천 자유공원에서 바라본 수도국산 전경. 현덕은 1938년 수도국산 서쪽 아래 화평동 고모 집에서 「남생이」를 창작했다. 빈민들은 이곳에 판잣집을 짓고 거주하며 응봉산(자유공원) 너머 인천항으로 막노동을 다녔다. 현덕이 살았던 화평동은 당시 바닷물이 드나드는 갯벌이었다.

　　'노마' 어머니와 부정한 관계의 '털보' 역시 '노마'네 집을 자주 찾아오는데, 그때마다 '노마' 아버지는 방을 비워주곤 한다. 그러다 모멸감이 극에 달한 어느 날 '노마' 아버지는 아내의 술병을 빼

앗아 깨뜨린다. 순간 '노마' 엄마의 입가엔 비웃음 같은 것이 돌았고 말다툼이 이어졌다.

"누군 좋아서 그 노릇 하는 줄 알우. 모두 목구녁이 포도청이지. 남의 가슴 아픈 사정은 모르고."
"굶어 죽더라도 그만두란밖에."
"이눔 저눔에게 갖은 설움 다 받구 하루 열두 번두 명을 갈구 싶은 것을 참구……"
잠시 울음 없는 눈물을 코로 푼다.
"아아, 글쎄 그만두란밖에 무슨 말야…… 굶어 죽드래두 그만두란밖에."

'노마' 아버지의 호기 찬 소리는 별것 아니었다. 그는 아랫집 '춘삼'네를 통해 성냥갑 붙이는 재료를 얻어 왔다. 하루 만 개 가까이만 붙이면 일 원 오십 전, 그만하면 우선 급한 욕은 면하고 '노마' 어미에게 할 말도 하겠거니 생각한 것이다. 그러나 곰상스런 일에 익지 않은 손가락은 셋에 하나는 파치를 내어 뭉쳐 버렸다. 마음이 바쁜 반대로 손은 곱은 듯이 굼떴다. 밤 어둑한 등불 아래 그림자가 크고 꽤 많이 쌓인 것 같아 세보면 단 오백을 넘지 못했다. 일이 더뎌지고 몸이 쇠약해져 갈수록 '노마' 아버지는 자신을 항구로 불러들인 이웃집 '영이' 할머니를 더욱 원망한다. '노마' 아버지의 구박에도 불구하고 늘 곁에서 돌보아 준 '영이' 할머니는 병을 낫게 해 주리라며 남생이 한 마리와 부적을 들고 온다. 그러나 끝내 '노마' 아버지는 세상을 떠나고, '영이' 할머니는 남생이가 사라진 탓이라 생각한다.

| 현덕의 신춘문예 당선작 「남생이」
의 연재 첫 회 삽화

「경칩」(《조선일보》, 1938. 4. 10~23.)은 「남생이」의 '노마'네가 항구로 이사 오기 전 이야기다. '노마' 아버지가 몸져눕자 친구 '홍서'와 이웃 '경춘'은 '노마'네가 부치던 소작 땅을 얻으려 경쟁적으로 병문안을 온다. 경칩이 가까워지자 '경춘'은 '노마'네가 부치던 아홉 마지기 땅에 거름을 낸다. 이 사실을 알게 된 '홍서'는 '경춘'을 나무라면서 자신 역시 다음 날 똑같이 거름을 낸다. 한편 '노마' 어머니는 매일 밤 소복 차림으로 칠성당에 올라가 남편의 오랜 병이 낫기를 기원한다. 하지만 '노마' 아버지는 그런 아내를 '기동' 아버지(홍서)와 배 맞았다고 의심한다. 결국에는 달걀 꾸러미 등속을 가지고 지주인 '서울집'을 번질나게 드나든 '기동' 엄마의 노력으로 '노마'네 땅은 '홍서'의 차지가 된다. '홍서'는 한편으로 그것이 기쁘면서도 죄책감과 함께 외로움을 느낀다. '노마'네 땅에 욕심을 낸 아내를 힐난하며 오로지 병든 친구를 돕기 위해 거름을 낸 것이라 자위했던 '홍서'였지만, 친구의 유일한 생계 수단을 빼앗고 말았다는 엄연한 사실을 부정할 수 없었기 때문이다.

「남생이」와 「경칩」의 이 대강의 이야기는 어른들의 사정이다. '노마'와 또래 친구들은 어른들이 겪는 갈등과는 한참이나 멀리 떨어진 세계를 산다. 「남생이」에서 '노마'가 폐병 앓는 아버지를 돌보는 게 싫은 이유는 어머니처럼 선창에 나가 사람들에게 귀염을 받고 싶어서다. 선창가에서 어머니가 쥐어준 돈 한 푼을 가지고 집으로 돌아오면서 '노마'는 쓸쓸히 혼자 있을 아버지 생각에 붕어과자 하나를 산다. 하지만 눈으로 박아 놓은 콩알이 떨어지자 할 수 없이 먹고, 지느러미가 없어도 모양이 틀어지지 않으려니 하고 먹고, 꽁지만 먹자 하다 절반을 먹어 버린다. 그 새 '노마'의 마음은 즐거워진다. 「경칩」에서는 개구리가 봄을 알리며 이곳저곳에서 울어댄다. 그 소리는 '노마' 아버지와 '홍서'의 우정에 금에 갔음을 알리는 파열음이었다. 이와는 대조적으로 '노마'와 아이들은 오로지 숨바꼭질에 열중하며 서로를 목청껏 불러댄다.

한편 「두꺼비가 먹은 돈」(『조광』, 1938. 7)은 오롯이 '노마'의 세계다. '노마'는 '기동'네 강아지를 꼬여다 개울에 잡아넣고 헤엄치는 법을 배워야겠다든가, 대추나무집 울타리 밑에 파묻어 둔 차돌에 '기동'이 말대로 정말 수정이 났을까 보아야겠다든가 하는 생각에 저절로 아침잠에서 깬다. 그렇게 벌떡 일어난 '노마'는 '기동' 아저씨가 준 구멍 뚫린 새 은돈을 고이 간직하려다 되려 잃어버린 사실을 뒤늦게 깨닫는다. 집과 마을과 논두렁까지 샅샅이 뒤져보지만 끝내 찾지 못하자 '노마'는 욕심 많은 두꺼비가 먹고 주지 않는다고 믿기로 한다. 돈을 찾기 위해 마당을 비질한 덕택에 '노마'는 어머니에게 칭찬을 받지만, 그 의도를 눈치챈 '할아범'이 두꺼비에게 그 돈을 빼앗았다고 말하는 순간 그만 울음이 나와 덧문 뒤로 숨고 만다.

현덕의 소설에는 이처럼 어른과 어린이의 세계가 간섭없이 나란하다. 「남생이」에서 '노마'는 '곰보'가 항상 올라가던 양버들나무를 아버지가 세상을 떠나던 날 오르는 데 성공한다. 그 나무를 오르기만 하면 '곰보'처럼 어른들 일에 빠삭해질 것 같은, 아니 어른처럼 돈을 벌 수 있으리라 '노마'는 생각했다. 어린 '노마'가 어른들의 세상에 들어서려는 찰나다. 흔히 세상이 성장이라는 말로 긍정하는 이 극적인 반전에서 작자 현덕은 본향으로부터 멀어져 마침내 돌아갈 길을 잃고만 어린 시절의 자신을 떠올렸을 것이다. 누구나 한 조각쯤은 지녔을, 하지만 누구도 발견하지 못한 세계의 이 노마 연작을 동시대 문인 안회남은, "우리의 전문학적 수준을 대표할 만한 작품"으로 극찬했다. 근 한 세기가 지난 후 시인 신경림은, "카프 계열로부터는 그 완벽한 예술성 때문에, 예술지상주의로부터는 그 결연한 역사의식 때문에 경원당했다"는 말로 현덕의 소설이 대중의 눈에서 멀어져 있을 수밖에 없었던 사정을 안타까워했다. 평단을 향한 그의 일갈에 고개를 주억거리지 않을 수 없다.

| 1947년 아문각에서 간행된 현덕의 첫 창작집 『남생이』의 표지

　　그렇게 우리는 모두 한때 '노마'였다. 우리는 여전히 '노마'와는 다른 세계에서 '노마'의 세계와 함께 살고 있다. 그런 의미에서

현덕의 소설은 한 세기 전의 소년소설이 아니다. 우리의 이야기이며, 오늘의 소설이다. 단지 우리가 '노마'였다는 사실을 자주 잊고 살아갈 뿐.

| 현덕의 유일한 장편 소년소설 『광명을 찾아서』(동지사아동원, 1949)의 표지. 조선문학가동맹 출판부장 시절 현덕은 숨어지내며 이 작품을 집필했다. 월북 전 그가 창작한 마지막 작품이다. 애초에 잡지 『어린이나라』에 연재하려 했으나 상황이 여의치 않아 단행본으로 출간했다.

오늘의 기성 독자들에게 '노마'는 어린이 영양제이자 TV 드라마 〈전원일기〉의 등장인물로 너무나 친숙한 이름이지만, 그 기원이 현덕의 소설 주인공이라는 사실은 잘 알려져 있지 않다. '노마'는 그렇듯 아주 오래전부터 어린이였고, 어린이의 또 다른 보통명사였으며, 투명한 어린 시절을 가리키는 대명사였다.

팔방치기, 붕어과자, 호루라기, 우랭이,
모지랑연필, 못꼬치, 깜파리돈

'이놈아'에서 찾은 '노마'라는 이름이 그러하듯 현덕의 소설어 사전에서만 그 독특한 의미를 발산하는 일상어들이다. 단언컨대 이들 낱말로 되살린 노마의 기억은 이제 와 왕년의 이야기가 아니다. 그 사실이 궁금하다면 「두꺼비가 먹은 돈」에 그려진 다음과 같은 노마의 머리 안 풍경을 한번 들여다보라.

노마는 가만히 생각해본다. 밤은 영판 도둑고양이다. 저녁엔 마당에서부터 야금야금 숨어들어 어두워지고 아침은 들창으

로 살며시 도망가고, 그러나 이것은 오늘 처음 안 일이 아
닌 것, 그럼 바른손가락이 다섯, 왼손가락이 다섯, 모두 합
해서 열, 이것도 신기할 게 없다.

| 잡지 『소년』에 게재된 소설 「두포전」 죽기 직전까지
김유정은 춘천 금병산의 아기장수 전설을 소설화한
「두포전」을 잡지 『소년』에 연재했다. 『소년』 1939년
3월호에는 "김유정이 별세하여 그의 병간호를 하면
서 이야기를 끝까지 들은 현덕이 나머지 부분을 대
신 쓰기로 했다"는 부기가 달렸다. 예고대로 4월호
와 5월호에는 「두포전」의 저자가 현덕으로 표기되
었다.

"문송합니다!"

몇 해 전 모 대학 졸업식 날 교정에 위와 같은 문구의 플래카드가 내걸렸다. 문과 계열 대학 졸업생들의 취업난을 대변한 유행어로 '문과라서 죄송합니다'를 줄인 말이다. 졸업과 동시에 '이태백(이십 대 태반이 백수)'을 넘어 '이구백(이십 대 구십 퍼센트가 백수)' 대열에 동참하고 보니 그 비싼 등록금 대느라 고생하신 부모님께 죄송하여 벌인 이벤트였다고 한다. 부모님 뵐 면목이 없다는 것은 사실 예의 인사치레일 터고, 입사지원서 한 장 끼울 틈마저 보이지 않는 취업 현실을 마주하며 토해낸 자조라 봄이 옳을성싶다. 그 한탄이 그리 놀랍지 않은 것은 정확히 한 세기 전의 데자뷰이기 때문이다.

|『신동아』 1934년 5월호에 게
재된 「레디메이드 인생」 상편

대학을 나온 실직 인텔리 'P'는 극
도의 빈궁에 시달리며 구직을 위해 동
분서주한다. 하지만 채용을 부탁하러
찾아간 모 신문사 'K' 사장으로부터 도
시에서 직장을 구할 것이 아니라 농촌
에 가 봉사 활동이나 하라는 황당한 충
고만 듣고 거절당한다. 좌절한 'P'는 친
구 'H'가 책을 전당포에 잡히고 빌린
돈으로 동관의 윤락가로 향한다. 계집
아이 하나가 화대로 이십 전을 요구하며 붙들자 'P'는 정조의 값
이 너무 싼 데 충격을 받고 가진 돈을 모두 내던진 후 몸을 피하듯
그곳을 벗어난다. 며칠 후 'P'는 학교 갈 나이가 돼 찾아온 이혼한
전처의 아들을 아는 인쇄소에 견습공으로 맡긴다. 애초에 아들
만큼은 인텔리를 만들지 않겠다는 결심에서였다.

20세기판 '문송합니다'라 할 'P'란 인물의 이 사연을 채만식
은 「레디메이드 인생」(『신동아』, 1934. 5~7)이란 소설로 식민지 조선
의 독자들에게 내놓았다. 당시 레디메이드(ready-made)는 '예술가
의 선택에 의해 예술 작품이 된 기성품'이라는 오늘날의 사전적
정의보다는 아직 팔리지 않는 상품을 가리키는 용어로 통용되었
다. 그러니 '레디메이드 인생'이란 지금 우리 사회의 취준생, 아니

취업예비군 중에서도 '문송합니다'에 딱 들어맞는 옛말이라 할 것이다. 그런데 도대체 무엇이 그들을 그러한 신세로 내몬 것인가?

| 식민시기 경성의 대표적인 윤락가 '신정유곽'의 전경. 본정과 남대문로 일대를 중심으로 본다면 신정유곽은 일본인 거류지 외곽지역이었다. 「레디메이드 인생」의 주인공 'P'와 친구 'H'가 찾아간 동관의 윤락가는 이러한 유곽으로 추정된다. 거기에서 두 사내는 임신하여 배가 남산만한 여자와 머리를 딿은 18살의 여자 접대부를 상대로 술을 마신다.

　　개화 이래 '유자천금불여교자일권서(遺子千金不如敎子一券書)', 곧 자녀에게 천금을 남기는 것이 자녀에게 한 권의 책을 가르치는 것보다 못하다는 봉건 시대의 진리가 자유주의의 세례를 받아

민중을 열광시켰다. '글을 배워라. 지식만 있으면 누구나 양반이 되고 잘살 수가 있다'며 신문과 잡지가 붓이 닳도록 연일 향학열을 고취하고, 피가 끓는 지사들은 향촌으로 돌아다니며 세 치 혀를 놀리어 권학(勸學)을 부르짖었다. 민간의 유지는 돈을 걷어 학교를 세웠고, 청년회에서는 야학을 설시했다. 그리하여 애쓴 보람이 나타났으니, 면서기와 순사와 군청 고원을 공급하고 간이 농업학교 출신의 농사 개량 기수를 공급하였다. 은행원이 생기고 회사원이 생겼다. 학교 교원이 생기고 교회의 목사가 생겼다. 신문기자가 생기고 잡지기자가 생겼다. 민중의 지식 정도가 높았으니 신문 잡지 독자가 부쩍 늘고 의사와 변호사의 벌이가 윤택해졌다. 소설가가 원고료를 얻어먹고 미술가가 그림을 팔아먹고 음악가가 광대의 천호에서 벗어났다. 인쇄소와 책 장사가 세월을 만나고 양복점 구둣방이 늘비해졌다. 연애결혼에 목사님의 부수입이 생기고 문화 주택을 지어 청부업자가 부자가 되었다. 그리하여 부르주아지는 '갑오'(아홉 끗, 가장 높은 패를 가리키는 투전 용어)를 잡고 공부한 일부의 지식 군은 '진주'(다섯 끗)를 잡았다. 그렇듯 모두가 물 만난 고기인 양 '모던(modern)'이라는 세상을 버선발로 나아가 맞이하는 듯했지만, 그 한편에는 한참이나 뒷전으로 밀려난 이들이 적지 않았다.

노동자와 농민은 '무대'(투전에서 쓸 끗수가 없어진 경우)를 잡았다. 조선의 문화 향상이, 민족적 발전이 도리어 그들에게 무거운 짐을 지워주었을지언정 덜어주지는 않았다. 그들은 배 주고 속 얻어먹은 셈이었다. 누구보다도 인텔리가 문제였다. 인텔리 중에서도 아무런 손끝의 기술이 없이 대학이나 전문학교의 졸업 증서 한 장을, 또는 조그마한 보통 상식을 가진 직업 없는 인텔리가 골칫거리였다. 뱀을 본 것(잘못 대하다가 크게 봉변을 당하다)은 해마다 천여 명씩 늘어가는 이들 인텔리였다. 부르주아지의 모든 기관이 포화 상태에 이르면서 더 이상의 수요는 없었다. 그들은 결국 꾐에 속아 나무에 올라갔다가 흔들리고 말았다. 개밥의 도토리 신세가 된 것이다. 인텔리가 안 되었으면 차라리 노동자가 되었을 것인데, 인텔리인지라 그 속에 들어갔다가도 99퍼센트가 도로 달아나왔다. 그 나머지는 모두 어깨가 축 처진 무직 인텔리요, 무기력한 문화 예비군 속에서 푸른 한숨만 쉬는 초상집의 주인 없는 개들이었다. 우리 근대의 인텔리겐치아, '레디메이드 인생'의 탄생 비화(悲話)는 이러했다.

| 1938년 3월 7일 자 ≪동아일보≫ 석간 3면에 실린 「치숙(痴叔)」의 연재 첫 회

　　채만식은 「레디메이드 인생」을 발표한 네 해 뒤 단편 「치숙
(痴叔)」(≪동아일보≫, 1938. 3. 7~14.)을 내놓아 지식인 굴욕의 백미
를 재차 독자에게 선사했다. 일본인 상점 점원인 이 작품의 화자
'나'는 나라가 모든 것을 잘 알아서 해주는 평화의 시대에 자신이
살고 있다고 생각한다. 나라가 지시하는 대로 따르기만 한다면
모든 조선 사람은 잘살게 될 것이라는 데 추호의 의심도 없는 것
이다. 그런 '나'와 대조적인 인물이 '부끄러운 아저씨(痴叔)', 그의
오촌 고모부다. '나'는 그 아저씨의 지난 행적을 이렇게 고발한다.

　　아저씨는 일본에서 대학도 다녔고 나이가 서른셋이
　나 되었는데 철이 들지 않아서 딱하기만 하다. 착한 아주
　머니를 친가로 쫓아 보내고 대학에 다니다가 신교육을
　받았다는 여자와 살림을 차리고 무슨 사회주의 운동인지

를 하다가 감옥살이 5년 만에 풀려났을 때는 피를 토하는 폐병환자가 되었다. 식모살이로 돈 100원을 모아 이제 쉬려던 아주머니는 아무짝에도 쓸모없이 된 아저씨를 데려다 할 짓 못할 짓 다해서 구완하여 이제 병도 나아가는데 꼼지락 꼼지락 드러누워서는 일어나면 또 사회주의 운동을 한다고 한다.

아저씨가 사회주의 운동을 끊지 못하는 이유에 대해 조카인 '나'는 "그놈의 것이 아편하고 꼭 같은가 봐요. 그렇길래 한번 맛을 들이면 끊지를 못하지요?"라 자답자문한다. 그런 '나'의 눈에 비친 사회주의는 가난한 놈들, 그중에서도 일하기 싫은 게으름뱅이들이 우선 당장 부자 사람네 것을 빼 먹는, 세상 망쳐놓을 장본인이다.

밥이 생기는 노릇도 아니고 명예를 얻는 노릇도 아닌, 필경 붙잡혀 가서 징역 사는 놀음인 사회주의에 목맨 아저씨의 무능을 폭로함으로써 '나'의 옳음을 강변하는 화법이 「치숙」의 이야기 방식이다. 채만식 특유의 반어적 풍자다. 이를 두고 현행 고등학교 문학 수업에서는 아저씨를 향한 '나'의 비판이 역설적이게도 아저씨 삶의 정당성을 지지하는 증언으로 독자에게 읽힌다는 사실을 힘주어 강조한다. 그리고 이에 일제의 내선일체를 순진하게도 추종하는 '나'란 인물이 스스로 허구성을 자인하는 꼴이라는 설명을 덧붙인다. 수능 세대는 그렇게 이 작품을 읽도록 안내받았고, 마치 정답처럼 여태 그렇게 읽히고 있다.

일본인 주인의 눈에 들어 가게를 하나 얻어 차리고 일본 여자에게 장가들어 잘 살겠다는 인생 계획을 '나'는 아저씨에게 당당히 선언한다. 그런 '나'를 아저씨는 딱하다는 듯이 바라본다. 아저씨는 과연 그럴 만한 자격이 있는 위인가? '나'의 증언이 사실이라면 아저씨는 지식인 루저(loser)라 하기에 한치의 부족함도 없는 인물 아닌가. 아저씨에게서 가족에 대한 윤리적 책임감을, 경제적 성실성을 조금이라도 기대할 수 있는가 말이다. 아저씨는 오로지 조카인 '나'의 말마따나 아편쟁이나 다름없는 사회주의의 노예 아닌가. 그렇듯 채만식은 '나'와 아저씨가 방향만 다를 뿐 이념에 현혹되어 있기는 마찬가지라고 말한다.

| 「치숙」의 조카가 재미있는 소설로 언급한 통속소설 『진주부인』(1920)과 그 작가 기쿠치 칸(菊池寛). 소설가이자 극작가 기쿠치 칸은 1923년 『文藝春秋』를 창간했고, 일본의 가장 권위 있는 문학상 아쿠타가와상과 나오키상 등을 제정하여 작가의 복지, 신인 발굴 및 육성에 크게 공헌했다.

현실주의자 '나'는 자신의 취미생활 자랑에도 열심이다.

> 소설 참 재미있어요. 그 중에도 기꾸지깡 소설!…… 어쩌면 그렇게도 아기자기하고도 달콤하고도 재미가 있는지. 그리고 요시까와 에이찌, 그이 소설은 진찐바라바라 하는 지다이모노인데 마구 어깻바람이 나구요.

실제로 당시 조선의 많은 독자는 일본 장편통속소설 작가들의 열혈 팬이었으며, 특히 사무라이들이 펼치는 활극 시대물의 애독자였다. 때문에 '나'의 위와 같은 취향은 식민지 조선의 출판시장에 대한 독자의 가감 없는 증언이라 할 수 있다. 당시 조선에서 일본어 소설은 15전이면 바로 그 전달치를 사 볼 수 있고, 보고 나서는 5전에 도로 팔 수 있는 자미(滋味, 재미)를 주는 신문물로 환영받았다. 반면 후발주자로 나선 조선 소설은 대중성 면에서 일본 소설을 따라잡기엔 한참 역부족이었다.

| 「치숙」의 조카가 흥미진진한 시대물로 언급한 『미야모토 무사시 (宮本武蔵)』와 그 작자 요시카와 에이지(吉川英治). 『미야모토 무사시』는 일본 신문소설 역사상 유례없는 인기를 얻은 대중소설이다.

　　그렇듯 조선의 독자 대중에게 냉대받는 소설 나부랭이로 생계를 유지했던 채만식은 「레디메이드 인생」의 'P'처럼 본인의 의지와 무관하게 백수가 되어야 했던, 혹은 「치숙」의 아저씨처럼 본인의 의지로 사회주의자가 되었던 지식인들보다 철든 행운아였던가? 그러한 우월감으로 채만식은 이들 작품을 당당히 세상에 선보였던 것일까? 적어도 필자가 아는 한 채만식 역시 자신이 그려낸 작중인물들과 다르지 않다는 각성에 늘 뼈저렸다. 채만식의 현실 감각은 냉엄했다. 조선의 과거를 바라보는 역사 인식은 더더욱 통렬했다. 그 단면을 보여주는 「레디메이드 인생」의 다음과 같은 서술을 대다수의 독자는 무심히 지나쳤을는지 모른다.

대원군은 한말의 '돈키호테'였다. 그는 바가지를 쓰고 벼락을 막으려 하였다. 바가지는 여지없이 부스러졌다. 역사는 조선이라는 조그만한 땅덩이나마 너무 오래 뒤떨어뜨려놓지 아니하였다.

갑신정변의 싹이 트기 시작하여 가지고 일한합방의 급격한 역사적 변천을 거치어 자유주의의 사조는 기미년에 비로소 확실한 걸음을 내디뎠다.

식민지 조선 사회는 채만식과 같은 지식인을 애써 외면(?)하지 않았다. 그들은 이상의 말마따나 '막다른 골목을 향해 질주할 수밖에 없는 무서운 아해와 무서워하는 13인의 아해'(「오감도(烏瞰圖)」)여야 했다. 복종이 싫고 용기가 있는 사람은 외국으로 달리어 민족해방 투쟁을 벌여야 했고, 더 용맹한 사람이라면 지하로 숨어다니며 투쟁해야 했다. 많은 수의 영리한 사람들은 저의 이익과 안전을 도모하기 위해 진심으로 일본 사람을 따랐다. 역시 적지 않은 수의 사람이 핍박을 받을 용기가 없어 일본 사람에게 복종했다. 용맹하지도 영리하지도 못한 이들은 본심도 아니면서 겉으로 복종이나 하는 용렬하고 나약한 지아비의 부류에 들고 말았다. 해방 후 발표한 자전적 소설 「민족의 죄인 채만식」(『백민』, 1948. 10~1949. 1)에서 채만식의 고백 성사는 이러한 회고담으로 시작된다.

| 채만식이 '서동산'이란 필명으로 발표한 추리 탐정소설 『염마(艶魔)』(《조선일보》, 1934. 5. 16~11. 5.)의 단행본 표지. 채만식은 정탐소설을 통속소설로 폄하하는 세간의 시선을 의식해 '서동산'이란 펜네임을 썼다.

민족 앞에 채만식이 회개한 과오는 일제강점기에 피동적으로 나마 징병제를 지지하는 연설회에 한두 차례 참석한 일이었다. 연설회가 끝난 후 찾아온 학생들이 어떻게 행동할 것인가를 묻자 작중 주인공 채만식은 일제에 협력하지 말 것을 이야기한다. 하지만 본의는 아니었으되, 이미 징병에 응하라고 권유한 그로서는 죄책감에서 벗어날 수 없었다. 「레디메이드 인생」의 'P'와 「치숙」의 아저씨와 같은 지식인은 그렇듯 해방된 세상에서 죄인이었다. 가혹한 시대를 만난 그들 20세기 인텔리겐치아의 불운은 21세기 우리 시대에도 진행형으로 기세등등하다. 당당히 그 계보를 잇는 후예로 숱한 문과 졸업의 죄인, '문송합니다'들이 넘쳐나고 있으니 말이다.

사람은 모든 것을 다 잃어버리고 넋 하나를 얻는다

다만 한 사람 목이 긴 시인(詩人)은 안다
'도스토이엡흐스키'며 '죠이쓰'며 누구보다도 잘 알고
일등가는 소설도 쓰지만
　아무것도 모르는 듯이 어드근한 방안에 굴어 게으르
는 것을 좋아하는 그 풍속을
　사랑하는 어린것에게 엿 한가락을 아끼고 위하는 아
내에겐 해진 옷을 입히면서도
　마음이 가난한 낯설은 사람에게 수백 냥 돈을 거저주
는 그 인정을 그리고 또 그 말을
　사람은 모든 것을 다 잃어버리고 넋 하나를 얻는다는
크나큰 그 말을

백석이 남긴 시의 한 대목이다. 위의 첫 구절에 등장하는 목
긴 시인은 바로 백석 자신이다. 백석이 시까지 써가며 일등 소설
가라 예찬한 이는 누구인가? 서양의 소설가들을 누구보다 잘 알
고 자신과 가족은 비록 남루할지라도 가난한 이들에게 인정을 베
푸는 데 서슴지 않는 그 소설가가 도대체 누구란 말인가? 이 시의
제목은 '허준(許俊)'이다.

| 백석의 시 「허준」이 실린 잡지 『문장』 1940년 11월호 표지.
허준 역시 대표작 「습작실에서」를 1941년 『문장』 2월에 발
표했다.

소설 창작으로 문단에 데뷔한 백석에게 열등감(?)을 안겨 주
고 시 창작으로 선회할 것을 무언으로 종용한(!) 허준은 일반 독
자에게 다소 생소한 작가다. 월북작가라는 이력 탓에 그간 그의
작품을 교과서에서 만나기 쉽지 않았다. 실은 더 큰 이유가 있다.
그의 소설은 친절하지 않다. 한 호흡으로 읽어내기 버거운 만연

체 문장에 화자의 시점은 수시로 변동한다. 그뿐이 아니다. 제임스 조이스(James Joyce)의 소설을 번역한 듯한 심리묘사는 전문연구자들마저 그 심연을 가늠하기 어려울 정도로 지루한 '의식의 흐름'을 좇아 펼쳐진다. 이에 인내심 깊은 독자마저 이내 난독증에 빠지고야 만다. 백석은 대체 무엇을 목격하였길래 이러한 허준의 작품을 두고 단호히 일등가는 소설이라 단언했을까?

| 공식적으로 확인된 소설가 허준의 유일한 사진

허준의 데뷔작 「탁류」(『조광』, 1936. 2)는 '현철'과 '순'이란 인물이 벌이는 애정 갈등의 파국을 그린 작품이다. 군청 서기 '현철'은 창부였던 '순'과 결혼하여 소학교 여학생 '채숙'이네 집 건넌방에 세를 든다. 두 사람의 결혼생활에는 이렇다 할 애정이 없었다. '현철'이 '순'에게 사랑을 느껴 결혼한 것이 아니었기 때문이다. 그

러던 차 주인집 딸 '채숙'의 적극적인 공세로 시작된 연애는 '현철'에게 위안을 준다. 하지만 아내 '순'이 두 사람의 관계를 눈치 챘고, '현철'은 '채숙'의 집을 떠나야 했다. '현철' 부부가 새로 이사 간 집에는 먼저 세 들어 사는 보통학교 여훈도가 있었다. '순'은 이번에는 무고한 그 여선생과 남편 사이를 의심한다. 참다못해 '순'은, "당신은 나를 더 건질 수 없는 더러운 년으로 아시지오. 아닌 게 아니라 오고가는 어중이떠중이가 내 몸에 쉬를 슬데로 슬고 가서 이제는 담배꽁초만치도 쓸데없이 된 년일 줄 나도 모르는 줄 아시오"라며 '현철'에게 자학을 시전한다. 이에 '현철'은, "내가 누구를 멸시할 수 있는가. 누구를 미워할 수가 있다는 말인가"라는 자기 질책의 소리를 가슴 깊이서 듣는다. 결국 '현철'은 결별을 알리는 편지를 남기고 떠난다.

소설은 그렇게 끝나는 듯했다. 그래야 반드시 마땅한 일은 아니나 당시 소설들은 으레 주인공의 퇴장과 함께 멈추기 마련이었다. 그런데 작가 허준이 난데없이 글의 표면에 나서 능란한 이야기꾼이라 자부할 힘이 없는 자신으로서는 그 전모를 고하는 것이 제일 나은 방책일 듯싶다며 사건 하나를 덧붙인다. 그 끝자락을 옮기면 이렇다.

잠이 깨었을 때에는 어느덧 어슬어슬 날이 저무는 때

였다. 그는 그제야 모든 것을 정확히 이해할 수가 있는 것처럼 와다닥 일어나서 그 일어나는 힘으로 전창 부엌에 달려갔다. 그리고 그는 저녁 도마 위에 싸늘히 빛을 감추고 있는 날카로운 것을 집어 들고 안마당으로 뛰어나왔다. 그리고 자기의 모든 것을 빼앗은 그 계집에게로 달려갔다.

「탁류」의 이야기 시간은 저녁에서 다음 날 새벽까지 채 하루에 못 미친다. 회상으로 처리된 '채숙'과 '현철'의 데이트 장면을 뺀다면 이렇다 할 사건이랄 것도 없다. 그마저 긴 호흡의 서술로 독자를 질식시킨다. 그런 이 작품에 단 한 차례 반전이 찾아든다. 바로 사족으로 덧댄 위의 결말이다. '현철'의 편지를 읽고 잠들었던 '순'이 깨어나 식칼을 들고 여선생의 방으로 뛰쳐들어간다는 후일담 말이다. 이에 독자는 숨을 멈추고 능히 상상할 수 있는 비극의 파토스를 예감하게 된다. 오랜 시간 탁류를 헤치듯 결말에 이른 독자의 노고에 작자 허준은 이 같은 선정적인 파국을 배치함으로써 보답한다. 백석이 이 작품에 '탁류'라는 제목을 매긴 까닭이었을 터다.

중편 「야한기(夜寒記)」(≪조선일보≫, 1938. 9. 3~11. 11.) 역시 전작 「탁류」와 유사하게 불륜으로 파탄 난 결혼생활이 작품의 모티프다. 주인공 '남(우언)'은 '춘자'와 결혼하여 딸 '현이'를 낳았다. 그러나 딸이 죽은 후 '춘자'는 금융조합조합장인 '민보걸'과 불륜을 저지른다. 아내의 외도로 병을 얻어 입원한 '남'은 그곳에서 '성군'을 알게 된다. 물질적 도움을 요청한 그녀의 편지를 받고서 '남'은 '민보걸'에게 돈 천 원을 융통키로 결심한다. 때마침 '춘자'와 '민보걸'의 관계를 알게 된 그의 형 '민홍걸'은 '남'을 이용해 '민보걸'에게서 돈을 뜯어내려 한다. 하지만 '남'이 이에 응하지 않자 '민홍걸'은 동생에게 직접 찾아가 '춘자'와의 불륜을 알아챈 '남'이 응징하러 오고 있다는 거짓을 말한다. 그리고서 그 뒤처리를 해주는 조건으로 돈을 받아낸다. 이후 자신의 계략이 성공했음에도 불안을 느낀 '민홍걸'은 '민보걸'의 죽은 아내와 '남'이 불륜 관계였다고 무고(誣告)한다. 그렇게 '민홍걸'의 음모로 유치장에 갇힌 '남'은 얼마 지나지 않아 무죄로 풀려난다.

「탁류」와 「야한기」는 구원의 기록이다. 「탁류」의 주인공 '현철'은 창부 '순'을 구원한다는 거룩한 명분에 쫓겨 충동적으로 결혼을 결행한다. 한편 「야한기」의 주인공 '남'은 폐병에 걸린 '성군'을 구제할 방편으로 아내 '춘자'의 불륜남에게서 돈을 빌리려 한다. '남'은 그 일이 '성군'과 자신은 물론 아내를 위해서도 최선이라 생각한다. 하지만 이들의 구원 사업은 모두 실패하고 만다. 그결과 '현철'과 '남'은 한 인간이 다른 인간을 구원할 수 없는 현실을 각성하고서 고독 속으로 침잠한다. 김동리는 구원 사업의 필연적인 패배의 대가로 허준 소설의 이들 주인공이 다다르게 되는 허무(nihility)는 그 자체만으로도 '강렬한 윤리적 의의'를 갖는다고 평했다. 해방 이전 허준의 세계 인식은 그러했다. 「야한기」의 후속작 「습작실에서」(『문장』, 1941. 2)는 허준이 이 냉엄한 생의 구경(究竟)을 재차 확인한 창작이었다.

번잡한 동경을 피해 학교에서 한 시간 넘게 떨어진 한적한 셋집에 머물며 유유자적하는 주인공 '나'는 집주인 노인과 친밀하다. 고독을 즐기는 '나'의 검박한 생활과 역시 '무무명無無明 역무무명진亦無無明盡(미혹된 어리석음도 없고 어리석음을 벗어나는 것도 없다)'의 인생관 아래 두 아들과 따로 떨어져 혼자 사는 노인의 일상은 평화롭게 공존한다. 그러던 어느 날 스키여행을 떠났다가 동경으로 들어가는 기차 안에서 노인의 둘째 아들을 우연히 만난 '나'는 노인의 사망 소식을 듣고서 위로의 말을 건네다 목이 멘다. 이처럼 「습작실에서」는 특별한 갈등 없이 전개되는 '나'의 개인사를 북지(北支) 어느 산골 병원에 있는 'T' 형에게 편지로 전하는 구도를 취하고 있다. 얼핏 일본 사소설을 떠올리게 하는 이야기 얼개다. 물론 간통, 이별, 병, 돈 문제 등 소재만을 놓고 본다면, 전작 「탁류」와 「야한기」가 일본 사소설의 체취를 훨씬 짙게 풍긴다. 그러나 한 개인의 내면을 천착해 들어가는 고백체의 「습작실에서」역시 일본 사소설을 흉내 낸 글쓰기라는 의혹을 떨치기 어렵다. 호세이대학 유학 시절 경험했을 일본 사소설에 대한 허준의 독서가 필연적으로 반영된 결과일 터다.

특기할 만한 사실은 「탁류」와 「야한기」, 그리고 「습작실에서」로 이어지는 허준의 초기 세 작품 사이에는 연작이라고까지는 할 수 없으되, 그에 상응하는 연결고리가 존재한다. 남자 주인공들의 의식을 하나같이 관류하고 있는 '고독'이라는 정서가 그것이다. 「습작실에서」의 '나'는 이 고독이 '제이다꾸나모노(贅沢, ぜいたく)', 곧 '사치'인 것을 알게 된 것이 청춘에 있어서는 여간한 은근한 기쁨이 아니었다고 말한다. 그렇듯 세 인물의 내면 깊숙이 잠복해 있는 고독은 수시로 호출되는 감정의 보물이다. 단언컨대 허준의 소설이 일본 사소설로부터 영향을 받은 산물이라는 주장을 뒷받침할 이보다 더 명백한 증거는 없을 듯하다. 일본 사소설을 모방한 창작 수련을 거쳐 마침내 허준이 도달한 작품이 대표작으로 꼽히는 「잔등(殘燈)」(『대조』, 1946. 1~4 / 『잔등』, 을유문화사, 1946)이다.

| 『잔등』 첫 회가 연재된 1946년 1월 『대조』 창간호

　　해방을 맞아 만주에서 서울로 향하던 '나'는 동행하던 '방'과 회령역에서 불행히도 헤어진다. 붐비는 사람들을 헤치고 먼저 기차에 탄 '방'을 놓친 것이다. 그렇게 홀로 남겨진 '나'는 '방'을 다시 만나 청진으로 같이 갈 생각에 트럭을 얻어타고 청진 인근 수성에 앞서 도착한다. 그러나 '방'을 찾을 길이 막막하여 다시 청진을 향해 걸어가던 도중 갯가에서 뱀장어를 잡아 팔면서 일본인들의 동태를 감시하고 이를 위원회에 알리는 밀정 소년을 만난다. 일본인에게 강한 적개심을 가지고 있는 소년은 그 일에 대한 자부심이 컸다. 소년과 헤어져 청진에 도착한 '나'는 역으로 가 먼저 떠난 '방'을 찾지만 만나지 못하고 낮에 간 국밥집에 다시 들른다. 남편과 자식을 잃고 혼자 살아가는 국밥집 주인 노파는 피난 가

는 일본인들을 연민의 정으로 대하고 있었다. 다음 날 아침 국밥집 앞에서 극적으로 재회한 '나'와 '방'은 신포동을 거쳐 서울행 군용 열차에 오른다. 「잔등」의 줄거리는 대강 이렇다.

| 소설 「잔등」의 모티프가 된 해방 후 일본인들의 탈출 모습

「잔등」은 1946년 잡지 『대조』 창간호에 그 첫 회가 연재되었으나 2회 연재로 중단되었다. 다행히 같은 해 간행된 창작집 『잔등』에 완결돼 수록됨으로써 「잔등」은 간도 유이민들의 광복 후 귀향 과정을 그린, 이른바 해방기 귀향문학(歸鄕文學)을 상징하는 작품으로 남을 수 있었다. 이 작품의 창작 동기가 무엇이었는가는 창작집 서문에 고스란히 담겨 있다. 「잔등」이 해방 이전 허준

의 다른 작품들과 명백히 다른 세계관 아래서 잉태된 창작이라는 사실 또한 이에 밝혀져 있다. 특히 문학인으로서 허준의 현실 대응의 자세가 피력된 다음 대목은 단호한 만큼 인상적이다.

> 너의 문학은 어째 오늘날도 흥분이 없느냐, 왜 그리 희열이 없이 차기만 하냐, 새 시대의 거족적인 투쟁과 열기 속에 자그마한 감격은 있어도 좋을 것이 아니냐고들 하는 사람이 있는 데는 나는 반드시 진심으로 감복하지 아니한다.

식민의 치욕과 분노를 넘어 도둑처럼 찾아든 광복의 감격에 많은 이들이 들떠 있을 때 허준은 스스로 부화뇌동(附和雷同)을 경계했다. 곧이어 좌우익이 한목소리로 민족국가 건설을 외치며 다른 세상을 꿈꾸었을 때, 비록 좌익계열의 〈조선문학가동맹〉에 참여했다고는 하나 실상 그의 문학은 어디에도 이끌리지 않았다. 사이비 진보주의자들이 판치는 그 세계에서 그의 눈과 귀는 「잔등」의 국밥집 노파와 같은 이에게로 열려 있었다. 해방 전 그녀의 아들은 억울한 옥살이로 죽었다. 하여 따지자면 일본인은 그녀에게 원수일 수밖에 없다. 그럼에도 노파는 패망해 내쫓기는 일본인들을 외면하지 않는다. 헌 너즈레기 위에 다시 헌 너즈

레기를 걸친 깡똥한 일본 사람이 다리뼈와 복숭아뼈를 드러낸 채 밤늦게 깡통을 들고 찾아오면 노파는 어김없이 양푼에서 밥을 푸고 국솥에서 국을 떠 붓는 것이었다. 그 장면을 목격한 '나'가 다다른 깨달음은 이렇다.

그것이 어떻게 된 밥 한 그릇이기에 덥석덥석 국에 말아줄 마음의 준비가 언제부터 이처럼 되어 있었느냐는 것은 나의 새로이 발견한 크나큰 경이 아닐 수 없었다. 경이보다도 그것은 인간 희망의 넓고 아름다운 시야를 거쳐서만 거둬들일 수 있는 하염없는 너그러운 슬픔 같은 곳에 나를 연하여 주었다.

죽은 아들과 가깝던 젊은이들은 해방이 되었으니 버젓이 내놓고 자치회라든가 보안대라든가를 가보자며 부득부득 끌고 가려 하지만, 그런 호사가 당치 않다며 노파는 궁지에 내몰린 사람의 처지를 우선 생각한다. 그녀의 그 연민은 국가와 이념과 역사를 거둬내고서 비로소 허준이 마주할 수 있었던 휴머니즘의 실체였다.

우리 시대에도 많은 이들이 한발 제겨디딜 곳조차 찾을 수 없는 벼랑 끝으로 내몰려 숨죽인 채 살아간다. 어느 순간 한국 사회는 그들을 사회적 소수자(여성, 노인, 어린이, 새터민, 다문화가정, 장애우, 동성애자 등등)로 구별 짓기 시작했다. 그러나 누군들 이 낙인으로부터 온전히 자유로울 수 있을까. 허준이 "오직 제 힘뿐을 빌어 퍼덕이는 한 점 그 먼 불그늘"이라 말한 '잔등(殘燈)' 같은 그들이 아니라면 어둠을 어둠이라 밝히는 일이 어찌 가당키나 하겠는가. 허준의 소설은 그 진실에 대한 정직한 응시다. 그의 소설을 읽어내는 일이 쉽지 않을지라도 외면해서는 안 될 이유가 여기에 있다. "사람은 모든 것을 다 잃어버리고 넋 하나를 얻는다"는 그의 말을 가슴으로 듣기 위해서라면 말이다.

| 1946년 을유문화사에서 간행된 허준의 유일한 단편 소설집 『잔등』의 표지

허준은 시인으로 처음 문단에 들어섰다. 반면 그의 절친 백석은 신춘문예에 소설이 당선되어 등단했다. 그러나 비슷한 시기에 두 사람은 작가 행로를 변경했다. 백석은 시의 세계로, 허준은 소설 창작의 길로 나아간 것이다. 두 사람의 이 엇갈린 운명에는 기묘한 연이 숨어 있다. 허준의 첫 소설을 세상에 알린 이가 바로 백석이기 때문이다. 잡지 『조광』 기자 시절 백석은 허준의 제목 없는 소설 작품 한 편을 받았다. 그 원고를 읽어본 백석이 '탁류(濁流)'라는 제목을 붙여 게재한 것이다.

| 백석의 친구 신현중과 그의 부인 '란'. 란은 백석이 사랑한 구원의 여인이었다. 1935년 6월 초 허준의 혼인 축하 회식이 그의 외할머니가 경영하던 낙원동 여관에서 열렸다. 그 자리엔 백석, 신현중, 그리고 현중의 누나와 그녀의 제자들이 참석했다. 백석은 이때 박경련을 처음 만나 마음에 새기고 '란'이란 이름으로 자신의 시 속에 담았다. 그러나 그녀는 사진에서 보듯 신현중과 결혼했다. 허준의 신부 신순영은 란의 남편이자 허준의 단짝 신현중의 여동생이었다.

허준의 월북을 두고 일각에서 남조선에서의 좌익단체에 대한 탄압이 심해 이를 피했던 것이라고 말한다. 그런 허준이 한국전쟁이 발발하자 인민군을 따라 서울에 잠시 들어온 적이 있다. 그때 자신의 후견인 비평가 백철을 만나, "백형에게니 말이지 하여튼 난장판이에요. 더구나 문학다운 것은 할 생각도 말아야 해요!"라며 북쪽의 형편을 전했다고 한다. 남과 북 그 어디에도 거처를 마련할 수 없게 된 처지를 토로한 것이다. 좌우 이념이 격렬히 부딪혀 서로를 예리한 칼날로 벼려내던 혼란한 시기 허준은 그렇게 날 선 경계 위에 위태로이 서 있었다. "문학을 두고 지금껏 알아오고 느껴오는 방도에 있어서 반드시 나는 그들과 같은 방향에 서서 같은 조망을 가질 수 없음을 아니 느낄 수 없"는 방외자 허준으로서는 도시 그 운명을 피할 수 없었던 것이다.

왜 '순수문학'은 순수할 수 없는가?

      광복을 맞은 김동리는 〈사천청년회〉 회장으로 선출되나 좌익계열의 테러에 위협을 느껴 상경한다. 이듬해 그는 조선공산당 계열의 〈조선문학가동맹〉에 대항하여 〈청년문학가협회〉를 결성하고 초대회장에 선출된다. 그렇게 우익 문단의 이데올로그로 부상한 김동리는 계급주의 민족문학론에 대한 비판적 논의를 앞서 전개해나갔다. 「순수문학의 진의」, 「본격문학과 제3세계의 전망」 등의 평론이 그것인바, 동시에 그는 「윤회설(輪廻說)」(≪서울신문≫, 1946. 6. 6~26.)을 필두로 창작 실천을 병행했다.

| 〈조선문학가동맹〉이 1946년 2월 정식 출범을 선언하며 개최한 전국문학자대회. 이에 맞서 김동리는 〈청년문학가협회〉 결성을 주도했다. 당시 김동리와 세대논쟁을 벌인 유진오는 〈조선문학가동맹〉의 문화공작대 제1대 소속으로 활동했다.

「윤회설」은 식민시기 발표한 「두꺼비」(『조광』, 1939. 8)와 마찬가지로 두꺼비 전통 설화 모티프를 서사의 밑그림 삼은 작품이다. 암두꺼비가 만삭이 되면 구렁이에게 일부러 잡아먹히는 데, 구렁이는 두꺼비의 독 때문에 죽고 구렁이를 자궁 삼아 수많은 두꺼비 새끼들이 자라나게 된다는 것이 설화의 내용이다. 발표 당시 이원조를 필두로 좌익계 문인들로부터 혹독한 비판적 공세에 시달린 「윤회설」을 어느 이유에서인지는 모르나 작자 김동리는 생전에 발간한 작품집 어디에도 수록하지 않았다.

「두꺼비」의 '종우'는 벗들의 전향을 곁에서 지켜보면서 인생의 모든 허랑한 경영과 아픈 멍에를 깨닫고 술로 생활을 탕진하는 인물이다. 그 와중에 '종우'는 매음녀 '정희'를 구원하려는 뜻에 찬동한 삼촌에게서 돈 몇천 원을 얻어 그녀를 시골 고향으로 내려보낸다. 원래 열렬한 민족주의자요 예수교도였던 삼촌은 신문사의 폐간과 학원의 인가 취소를 계기로 전향한 인물이다. 그런 삼촌이 자신의 전향이 결코 변절이 아님을 강변하며 진실한 대승주의를 조카 '종우'에게 알려 줄 셈으로 '정희'를 구원하는 일에 선뜻 물질적 원조를 자청한 것이다. 그러나 '정희'는 귀향한 지 얼마 되지 않아 카페 여급이 되어 다시 돌아온다. 이를 계기로 삼촌의 본심을 알게 된 '종우'는 그에 대한 멸시와 반발을 악마와 같은 배짱으로 즐겨 보고픈 심사에서 자신의 몸 안에 잠복해 있던 결핵균을 키워나간다.

「두꺼비」가 허영과 위선으로 점철된 삼촌의 대승주의, 그리고 이를 증오하는 '종우'의 감상주의와 자기 모멸감 사이의 갈등을 담고 있다면, 「윤회설」은 같은 주인공 '종우'를 중심으로 가족과 연인 관계에까지 침범해 들어온 이데올로기의 반목을 그리고 있다. 한편 「윤회설」에는 전편 「두꺼비」에서 볼 수 없었던 '종우'의 연인 '혜련'이란 인물이 등장한다. 숙전에서 교편을 잡고 있는 그녀는 '종우'와 해외에서 돌아온 공산주의자 '박용재' 사이에서 갈등하는 존재다. '종우'와 '혜련'이 결혼에 이르지 못한 이유는 겉으로는 '종우'의 오랜 병 때문이었지만, 고독한 청춘의 삶을 꿈꾸며 '종우'가 거부해왔던 탓이 더 컸다. 거기에 '종우'의 삶에 과도한 집착을 지니고 있던 동생 '성란'이 적극적인 방해 공작을 벌이면서 두 사람의 애정 전선에 일시 금이 간 것이다. 그러던 차 '혜련'은 '성란'을 통해 좌익단체 〈문학가동맹〉에 나가면서 급기야 '종우'와 이념적으로 대립한다. 그러나 두 사람을 떼어놓으려 했던 '성란'의 기도에도 불구하고 '종우'와 '혜련'은 마침내 결혼식을 치른다. 그리고 이튿날 그들은 우익 정치 집회 '독립전취국민대회'에 함께 참여한다.

| 문청 시절 김동리의 앳된 모습. 이때 김동리는 신진작가 그룹을 대표하는 이론가였다.

「두꺼비」에서 대승주의자임을 자처하는 삼촌에 맞선 소승주의자로, 「윤회설」에서 공산주의자 '박용재'와 동생 '성란'의 대척

점에 있는 민족주의자로서 '종우'는 해방을 전후한 김동리의 자화상이나 다름없다. 조선공산당 계열의 〈문학가동맹〉 세력이 문단을 주도하던 해방 정국에서 〈청년문학가협회〉를 주도적으로 결성하며 우익 문단 세력 결집에 나섰던 김동리의 자의식 한 편에는 '종우'라는 인물의 행보가 보여주듯 약자로서의 자위감이 똬리를 틀고 있었다. 김동리는 당시를 이렇게 회고한다.

> 그때만 해도 기고만장한 것은 공산 진영 문인들이요,
> 우리는 통 시세가 없었다. 신문·잡지 같은 데서도 거개가
> 공산 진영 쪽에 추파를 보내기가 급급해서 우리에 대해
> 서는 덮어놓고 백안시했다. 이런 판세이니까 현실적으로
> 뒷받침해 주는 힘도 백도 있을 수 없었다.

김동리가 위와 같은 약자의식으로 스스로를 위무할 수 있었던 것은 자신이 추구하는 순수문학이야말로 계급문학과는 변별되는 진정한 민족문학이라는 자부심과 확신에 차 있었기 때문이다. 이념적 전향이 강요되던 시대를 이야기한 「두꺼비」와 이데올로기의 격전장 해방기의 풍경이 담긴 「윤회설」이 공히 두꺼비 설화의 소환을 통해 약자의 정신주의를 강변했던 데는 이러한 내막이 있었다. 김동리의 이 같은 정신의 현실 초극은 「윤회설」 발

표 3년 후『삼국사기』에서 모티프를 취한 창작「검군(劍君)」(≪연합신문≫, 1949. 5. 15~27.) 창작에서 재차 시도된다.『삼국사기』「열전(列傳)」편의 '검군' 일화는 김동리의 단편 역사소설「검군」과 내용상 크게 다르지 않다.『삼국사기』엔 '검군'이 죽기 전 자신의 정당성을 '근랑'을 만나 말하는 것으로 기록되어 있으나, 김동리의「검군」에는 '근랑'이 등장하지 않는다. 소설에서 이 장면은 동료 사인 '악부'와의 대화로 대체된다.

극심한 가뭄에 시달리고 있는 신라 사람들은 초근목피로 겨우 연명하다 겨울을 맞아 아사하는 이가 생겨날 정도로 기아에 허덕였다. 사정이 이러다 보니 쌀을 관리하는 창예창(唱翳倉)의 사인들 다수가 이미 국곡(國穀)을 사취하는 부정을 저지르고 있었고, 또한 주변인들로부터 청탁을 받기도 했다. 그러나 사량궁(沙梁宮)의 창예창 사인(舍人) '검군'은 자신의 처제가 쌀 몇 되 때문에 사랑하는 이를 두고서 홀아비에게 팔려가다시피 하는 상황에서도 그 같은 부정을 스스로 경계한다. 이에 창예창의 사인들은 자신들의 비리를 알게 된 '검군'을 공모에 가담시키려 설득한다. 하지만 '검군'이 이를 거절하자 자신들의 부정이 고발될까 불안에 떨던 '열삼지'를 비롯한 사인들이 '검군' 독살을 계획한다. 그들의 음모를 우연히 듣게 된 '검군'은 죽음이 멀지 않았음을 예감한다. 하여 그는 결혼을 앞두고 자살한 처제 '정랑'의 옛 약혼자 '기악'에게 집안의 보검(寶劍)을 건넨다. 본래 '검군'은 '정랑'이 자살하기 전 보검을 팔아 두 사람을 결혼시키고 벗인 '악부'의 병든 부친에게 미음을 쑤어드리려 했다. 그러나 그 뜻을 펼치기도 전에 처제의 비보를 접한 것이다. '기악'이 보검을 가지고 떠난 후 '검군'은 동료들이 준비한 대보름 연회에 참석하기 위해 '대하나'의 집으로 향한다. 그 순간 '검군'은 얼마 지나지 않아 웃음을 띠며 죽어 있을 자신의 모습을 상상한다.

　죽음의 낭만화라 일컬을 '검군'의 이 최후는 전작 「두꺼비」와 「윤회설」이 도달하지 못한 사실상의 결말이라 할 수 있다. 「두꺼비」와 「윤회설」에서 미완에 그치고만 '종우'의 현실 넘어서기가 「검군」에 이르러 비로소 달성된 셈인 것이다. 「두꺼비」와 「윤회설」에서 '종우'가 이념적 선택을 강요하는 현실에 맞선 무기는 자학과 조소였다. 그리고 그 구체적인 실행은 '결핵 키워가기'와 '결혼하기'였다. 그러나 이는 실상 자기변호에 지나지 않는 것이었다. 스스로를 구렁이에게 제물로 바친 두꺼비가 아니라는 이야기다. 그러한 맥락에서 「검군」에서 당당히 죽음을 향해 걸어감으로써 현실과의 정면 대결을 감행한 '검군'의 결단과 '종우'의 관념적이고 주관적인 대응은 선연히 대조된다. '검군'이 죽음을 각오하며 지켜내고자 했던 가치는 자신이 추종하며 또 자신을 그 같은 자리에 천거한 '근랑'에 대한 의리였다. '검군'은 이 정신적 존

엄을 지켜내고자 웃음으로써 다가올 죽음을 맞은 것이다. 그러한 의미에서 '검군'이 '기악'에게 보검을 건네준 행위는 '종우'가 '정희'를 구제하기 위해 지불한 돈, 허위에 찬 삼촌의 대승주의를 조롱하려 키웠던 결핵, 그리고 공산주의에 대한 소극적 저항으로 결행한 결혼과 감히 비교될 수 없다. '기악'에게 건네진 보검에 서린 고매한 '검군'의 정신이야말로 두고두고 수많은 새끼들로 번식될 두꺼비의 죽음처럼 사람들에게 번져갈 것이기 때문이다.

「두꺼비」와 「윤회설」, 그리고 뒤이은 「검군」의 중심인물들은 근소하지 않은 현실 대응의 낙차를 보여준다. 「두꺼비」와 「윤회설」에서 설화의 세계에 투영한 '종우'의 정신주의란 자본주의와 마르크스주의를 모두 부정하는 포즈에서 취해진 파시즘적 민족주의였다. 한편 역사 전승의 한 형식으로 재현해낸 「검군」에서 '검군'의 정신주의는 위대한 과거 '신라혼'에서 그 정수를 발견(발명?)한 민족주의였다. 혼미한 해방기 현실을 단숨에 갈무리할 찬란한 민족사의 재생을 위해 김동리는 그렇게 '검군'이라는 역사적 인물을 불러냈다. 결과적으로 「두꺼비」와 「윤회설」의 '종우'는 「검군」의 '검군'으로 환생했고 신생(新生)했다. 그들이 작자의 분신이었다면, 식민과 해방을 가로지르는 시기 김동리는 단 한 걸음도 단 한 번도 현실로부터 빗겨 선 적이 없었다는 주장에 힘이 실릴 수밖에 없을 것이다.

김동리가 취한 뒤틀린 현실과의 대결방식은 거듭 말하거니와 '약자의 논리'였다. 「두꺼비」와 「윤회설」이 한목소리로 웅변하고 있듯이 그것은 설화적 가르침을 원용한 김동리만의 독특한 이야기 재현 형식으로 표출되었다. 그러나 두꺼비 연작을 통한 '종우'의 실험이 반증하듯 그 같은 정신주의는 현실의 경계 밖, 곧 초월적인 세계에서 그 실체를 찾지 않을 수 없는 법이다. 바꿔 말하면 현실적인 시공간성이 거세된 이야기 무대가 상상되고 발견되어야만 하는 것이다. 설화로 대표되는 이러한 세계를 김동리는 「무녀도(巫女圖)」와 「바위」, 그리고 「산화(山火)」와 같은 초기 단편 창작을 통해 익히 시현한 바 있다. 죽음으로써 현실과 대결하여 승리하려는 정신주의를 서사로 구현코자 했을 때, 시간의 구속으로부터 풀려난 설화적 세계, 곧 더없이 친밀한 상상의 과거만큼 유연한 피안의 공간은 없을 터다. 이야말로 역사를 이야기함으로써 역사를 넘어 역사를 부정하는 글쓰기의 탁월한 모형이 아니겠는가. 「검군」은 그 부인할 수 없는 물증인바, 김동리의 역사소설에서 역사란 지워짐으로써 현재의 이야기로 새롭게 태어난다.

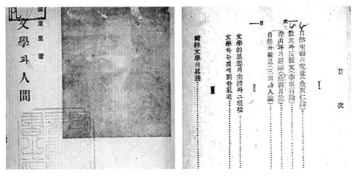

| 김동리가 내놓은 첫 비평집 『문학과 인간』(백민문화사, 1948)의 표지와 목차

식민시기 기성작가와 신인작가 간 문단 주도권을 놓고 벌인 세대논쟁에서 김동리는 후자의 대변자 역할을 자임하고 나섰다. 그런 김동리가 해방 후 어느덧 기성 문인이 되어 내놓은 첫 비평집이 『문학과 인간』(백민문화사, 1948)이다. 그 후기에서 김동리는 (순수)문학을 이렇게 정의한다.

나에게 있어서는 시고 소설이고 평론이고 일체의 문학이란 다만 인간을 인식하고 인간을 정화하고 인간을 구제하기 위한 한 개 방법에 불과한 것이다.

이야말로 목적문학을 향해 단도직입(單刀直入)한 불온한 문학일진대, 김동리에게 이제 와 묻고 싶다. 그가 단 한 번도 답하지

우리 근대의 루저들

않은 아이러니, 왜 '순수문학'은 순수할 수 없는가?

| 김동리가 유진오의 순수문학론에 이의를 제기하며 1939
년 잡지 『문장』 8월호에 발표한 비평 『「순수」 이의』. 그 부
제는 '유씨의 왜곡된 견해에 대하야'였다.

매듭 풀이

오랫동안 한국 문학계에서 작품성을 논하는 데 전가의 보도처럼 쓰인 용어가 있다. 바로 '순수문학'이라는 레테르(letter)다. 일반 독자들에게는 상업적인 문학이 아닌, 오로지 문학 그 자체의 가치를 추구한 문학을 가리키는 말쯤으로 들릴 이 낱말에는 결코 순수하다고 할 수 없는 기의(記意, signifié)가 드리워 있다. 이 용어는 식민시기 유진오가 신진작가들에게 '모든 비문학적인 야심과 정치와 책모를 떠나 오로지 빛나는 문학정신을 옹호하려는 의열한 태도'를 요청하면서 처음 발의되었다. 이에 당시 신진작가 그룹을 대표하여 김동리가 이의를 제기하면서 이른바 세대논쟁이 불붙고, 1940년대 초 소위 순수문학 논쟁으로 전화되었다. 그리고 마침내 해방 후 순수·참여 논쟁으로 전선이 확대된다. 그렇듯 애초에 '순수문학'은 정치성 지양과 휴머니즘 지향의 함의를 동시에 지닌 용어였다. 그러나 결과적으로는 문학의 정치적 경향성을 경계하는 자가당착적 용어로서 또 다른 정치적 슬로건에 불과한 것이었다. 식민과 해방을 가로지르는 시기 김동리의 비평과 소설 창작은 이 일련의 논쟁을 부추긴 진앙지의 하나였다.

| 범부 김정설과 그의 저서 『화랑외사(花郎外史)』. 『화랑외사』는 국군장병의 사상 무장을 위한 교재로 오랜 기간 쓰였다.

김동리에게 가장 큰 영향을 끼친 이가 그의 백형 김정설이다. 김정설은 김동리 사상의 원류였다. '국민윤리'라는 용어를 처음 쓴 철학자이자 사상가 김정설은 1954년 신라 위인들에 관한 전기 『화랑외사』(해군본부정훈감실)를 출간한 바 있다. 이 저서는 후일 김동리의 단편 역사소설 창작의 전범이 된다. 김동리는 『화랑외사』에서 다루지 않은 신라 위인들의 전기를 소설화하여 창작집 『김동리 역사소설』(지소림, 1977)로 묶어냈다. 김정설은 박정희와 특별한 인연을 지닌 인물이다. 5·16 쿠데타 이념의 외곽 지원 정치 단체 '5월동지회' 회장이 박정희였고, 부회장이 김정설이었던 것이다. 김정설의 장례식 조사에 부쳐 '하늘 밑에서 제일로 밝던 머리'라 추도한 데서 알 수 있듯이 미당 서정주 역시 범부를 정신적 스승으로 추앙했다.

유한 매담의 키쓰를 허하라!

1956년 6월 10일자 ≪동아일보≫에는 위 제목의 기사
가 게재됐다. 불과 반세기 전만 하더라도 영화 속 남녀의 키스 장
면이 사회적 논란거리였다니 요즘 세대들에게는 도무지 믿기지
않을 이야기다. 이 키스 장면의 시비는 영화의 원작 소설 정비석
의 『자유부인』(≪서울신문≫, 1954. 1. 1~8. 6.)이 연재될 당시부터 이
미 예견된 사태였다. 『자유부인』이 전후 한국 사회에 가한 충격
이 어느 정도였는가는 이 작품을 두고 '중공군 50만 명에 해당하
는 적'이라 당시 서울대 법대 황산덕 교수가 비판했던 사실만으
로도 능히 짐작된다. 그렇듯 정비석의 『자유부인』은 기성의 성
윤리에 반하는 새로운 시대 감각을 제기했다. 그러나 아이러니
하게도 여성단체들은 하나 같이 여성을 모독하고 있다며 작가를

고발했다. 남성 혐오로까지 번지며 확산 일로에 있는 오늘날 한국의 페미니즘, 그 중심에 선 20대 여성들의 눈에 이 사건이 어찌 보일지 자못 궁금하다.

| 왼쪽은 신문연재가 끝나기 전 독자와 출판사의 열화와 같은 요청에 출간된 『자유부인』의 단행본 표지. 출간 당일 초판 3천 부가 모두 판매되었고, 총 14만 부 이상의 판매고를 올렸다. 오른쪽은 1956년 개봉된 영화 〈자유부인〉의 포스터

『자유부인』의 연재로 일약 최고의 대중소설가라는 명성을 얻은 정비석은 식민시기 김동리, 서정주와 함께 촉망받는 신세대 작가의 한 사람이었다. 그의 초기 대표작 「성황당(城隍堂)」(≪조선일보≫, 1937. 1. 14~26.)은 당시 유행하던 모더니즘 계열의 심리소설이나 이데올로기에 기운 프로문학과는 분명 다른 출발점에 서 있다. 그것은 곧 '자연'과 '향토' 안에서 벌이는 향연이자 '생명'과 '성애(性愛)'의 서사였다.

| ≪서울신문≫에 연재되면서 잇달아 필화를 겪은 소설 『자유부인』 171회. 계집아이가 주인의 화장품을 몰래 쓰다가 여주인공 '오선영'이 나타나자 놀라는 장면이 삽화와 함께 담겨 있다. 이 작품의 연재는 애초에 150회 분량으로 예정되었으나, 인기가 높아 215회까지 연장되었다.

평안도의 천마령 산골에서 숯을 굽고 사는 '순이'와 '현보' 부부의 행복은 산림간수 '긴상'이 '순이'에게 흑심을 품고 '현보'를 주재소에 고발하면서 깨어진다. '현보'가 유치장에 갇힌 후 '긴상'은 더욱 노골적으로 '순이'에게 치근대며 그녀를 희롱한다. 그러던 어느 날 '순이'에게 연정을 품고 있던 '현보'의 친구 '칠성'이 찾아와 '긴상'과 맞닥뜨린다. '긴상'과의 싸움 후 잠시 숲에서 피신해 있던 '칠성'은 다시 '순이'를 찾아와 분홍 항라 적삼과 목메린스 치마를 선물하면서 도시로 가 살자 유혹한다. '순이'는 '칠성'을 따라나서나 자신이 살던 숲으로부터 점점 멀어지면서 불안감을 느낀다. 불현듯 '현보'가 그리워진 '순이'는 '칠성'이 사 준 옷을 벗어놓고 집으로 돌아온다. 성황님께 '현보'의 무사 귀환을 빌며 그녀가 집에 돌아왔을 때, 그 정성이 닿았는지 '순이'는 방에서 나는 '현보'의 기침 소리를 듣는다.

| 1945년 금룡도서에서 간행된 정비석 창작집 『성황당』의 표지. 제목에서 알 수 있듯이 그 표제작은 단편 「성황당」이었다.

소설 「성황당」의 연재 이태 뒤 방한준 감독의 영화 〈성황당〉(1939)이 개봉됐다. 영화와 소설의 등장인물은 같았다. 그러나 영화의 중반 이후 이야기 전개는 앞서 살펴본 소설과 전연 달랐다. 유혹에 넘어가지 않자 산림간수는 남편이 숯을 팔러 가고 없는 기회를 노려 '순이'를 겁탈하려 든다. 때마침 고무신을 사 들고 돌아온 남편이 그 광경에 격분하여 그를 살해한다. 그런 남편이 순사에게 잡혀가자 아내는 그가 사 준 흰 고무신을 끌어안고 울부짖는다. 이렇듯 바뀐 결말과 무관하게 영화 〈성황당〉은 개봉 당시 문명에 물들지 않은 인간의 본능적 애정과 주변 배경을 잘 조화시킨 작품이라는 찬사를 받았다.

우리 근대의 루저들

| 방한준 감독의 영화
〈성황당〉 포스터

한편 소설 「성황당」은 해방 후 다시 한번 영화로 제작되어 큰 반향을 일으킨다. 정진우 감독의 1981년 작 〈뻐꾸기도 밤에 우는가〉가 그것이다. 이 영화는 원작과 그 제목을 달리했을 뿐만 아니라 전작 영화 〈성황당〉보다 훨씬 풍성한 이야기를 담아냈다. 소설에서는 '칠성'을 따라나섰다 다시 숯막으로 돌아온 '순이'와 주재소로 끌려간 남편 '현보'의 재회 장면의 암시로 끝이 난다. 그런데 영화 〈뻐꾸기도 밤에 우는가〉는 '순이'가 돌아온 후에도 남편 '돌이'(원작의 '현보')는 돌아오지 않고, 대신 '김주사'(원작의 '긴상')가 나타나 '순이'를 괴롭힘으로써 극적 긴장이 고조된다. 마침내 '순이'는 '김주사'를 껴안고 숯가마의 불길 속으로 뛰어들어 처참히 죽고, 감옥에서 풀려나 산으로 돌아온 '돌이'는 마을 장터 씨름대회서 탄 황소를 팔아 '순이'에게 선물했던 옥가락지를 폐허가 된 숯터에서 발견하게 된다. 이렇듯 원작과 달리 두 편의 영화는 비극적인 결말을 선택했다. 특히 〈뻐꾸기도 밤에 우는가〉에서는 원작의 각색을 넘어 사실상 제2의 창작이라 할 만한 개작이 이루어졌다.

데뷔작 「성황당」에서부터 만년의 역사소설 창작에 이르기까지 정비석은 남녀 간 애욕 문제에 천착한 작가였다. 장인정신에 가까운 그의 이 창작 지향은 '우리의 삶에서 연애나 성적 문제를 제외한다는 것이 거의 불가능한 일'이라는 생각에서 비롯된 것이었다. 그는 연애를 '시대에 예민하고 시대를 솔직히 표현하는 것'으로 보았다. 그러한 맥락에서 정비석의 소설에 그려지는 애욕의 세계는 어느 연구자가 말하였듯이 당대의 사회적 의식과 작가의 현실 인식을 첨예하게 투영한 소산으로 볼 수 있다.

대중소설가로서 정비석의 명성을 한껏 추어올린 또 한 번의 전기는 그가 뒤늦게 뛰어든 역사소설 연재였다. 1970년대 이후 독자들이라면 『명기열전(名妓列傳)』과 『손자병법(孫子兵法)』의 작가로 기억할 만치 그의 역사소설은 독자들로부터 열광적인 호응을 받았다. 대중적 인지도나 연재 기간 면에서 정비석의 역사소설 가운데 단연 수위를 차지하는 작품이 『명기열전』(《서울신문》, 1974. 4. 2~1979. 2. 28.)이다. 당시 이 작품의 인기가 어느 정도였는가는 연재 중에 기간의 연재분이 전집 형태로 발간되기 시작한 사실만으로도 입증된다. 6년여에 걸친 연재를 마치고 정비석은, "기생이라는 이름으로 천대를 받아오면서도 그 설사로운 환경 속에서도 「기녀도(妓女道)」를 알뜰히 지켜온 그 정신이 아름다웠기 때문이었고, 지금은 이미 없어진 오랜 전통을 소설로나마 후세에까지 남겨보고 싶었기 때문이었다"는 소회를 피력했다.

| 『미인별곡』 제2권 '황진이 편'의 표지. ≪서울신문≫에 장
기 연재된 『명기열전』은 연재 도중 일부 단행본으로 간행
되었고, 연재 종료 후인 1980년 전 10권이 발간되었다.
1989년 『미인별곡』으로 개제되어 전 6권이 재간행되었다.

　　명기들의 전기적 기록이라 할 『명기열전』에는 예상하듯 '황
진이'가 한 자리를 당당히 차지하고 있다. 일찍이 이태준이 역사
소설 『황진이』(≪조선중앙일보≫, 1936. 6. 2~9. 4.)를 신문에 연재한
이래 그녀를 주인공 삼은 소설이 적잖이 발표된 바 있거니와, 정
비석 역시 '황진이'를 『명기열전』에 초대했다. 그러나 정비석이
만난 '황진이'는 이전 작품들과 사뭇 달랐다. 출생에서부터 그녀
를 미화한 점은 유사하나, 정비석은 그녀를 특별히 예인(藝人)으
로 불러낸다. '황진이'가 가야금의 명인 '엄수'와 맺은 인연이랄지
풍류객 '이석'과 떠난 금강산 유람에 관한 이야기가 이를 잘 보여
준다. 승무를 독창적인 무용으로 발전시킨 예술인으로 '황진이'
를 고증해내고, 그녀가 남긴 시가를 이야기 전개의 이음매로 작
품 전반에 치밀하게 배치한 것 역시 그 같은 의도에서였다. 물론
역사소설이라 해서 남녀 간 애정사를 정비석이 빠뜨릴 리 없다.

『명기열전』을 비롯해 여타 역사소설 창작에서 정비석은 애욕의 문제에 더욱 골몰했다. 『명기열전』의 「황진이」 편만 보아도 '소세양' 및 '서경덕'과의 사랑, '이사종'과의 6년 계약 동거 등 가히 연애의 대서사시라 할 만하다.

정비석은 『명기열전』에서 그러한 것처럼 일세를 풍미했던 풍류객들의 행적을 작품화하는 데 적잖은 관심을 가졌다. 그 과정에서 그들이 남긴 시문을 서사적 모티프로 끌어와 이에 허구적 상상력을 입힘으로써 곁가지 이야기에 풍성함을 더했다. 『김삿갓 풍류기행』에서 만날 수 있는 그 아릿한 장면 하나를 소개하면 이렇다.

눈을 들어 살펴보니, 소복을 입은 젊은 아낙네가 어떤 무덤 앞에서 곡(哭)을 하고 있는데, 때가 봄인 탓인지, 그 울음소리가 마치 노래처럼 구성지게 들려왔다.

김삿갓은 여인의 곡소리에 귀를 기울이고 있다가, 즉석에서 다음과 같은 즉흥시를 한 수 읊었다.

十里平沙岸山莎　모래밭이 십리에 언덕은 잔디인데
素衣靑女哭如歌　소복입은 과부의 곡소리 노래같이 들리네
可憐今日墳前酒　가엾다 지금 무덤앞에 부어놓은 저술은
釀道阿郞手種禾　낭군이 지어놓은 곡식으로 빚은 술이리

정비석의 역사소설 창작 동기는 표면상 과거에 대한 성찰로부터 현재에 유용한 교훈을 끌어내는 데 있었다. 역사 기술을 대체할 수 있는 글쓰기로 역사소설을 선택한 것이다. 그러나 신문사의 기대 지평은 작가의 의도와 낙차가 컸다. 신문사가 대중성에 초점을 맞춘 데 반해 작자는 역사적 사실의 발굴 내지는 기록에 더 큰 의의를 부여한 것이다. 『명기열전』에 이어 연재된 『김삿갓 풍류기행』에 이르러서는 매체와 작가 사이의 위와 같은 기대 편차가 어느 정도 좁혀지는 것을 볼 수 있다. 신문사가 기인으로서 김삿갓의 흥미로운 행적에 주목하여 독서의 효용성을 선전했다면, 작자 정비석은 대상 인물의 행적에 대한 사실적인 탐색을 좀 더 강조함으로써 여전히 신문사의 기대와 다소간의 거리를 두었다. 정비석에게 역사소설 창작은 이처럼 단순히 오락적 읽을거리를 위한 글쓰기가 아니었다. 흥미를 넘어선 그 이상의 가치, 곧 역사적 교훈을 주는 글쓰기여야 한다는 의식이 거기엔 내재해 있었다. 창작 저변에 쓴 약을 달콤한 설탕으로 감싸듯 교훈을 재미로 포장한 '당의정론'이 자리하고 있었던 셈이다.

일상생활에서 지독한 평안도 사투리를 썼던 정비석은 이를 소설 창작에 부려 쓰는 데도 일가견이 있었다. 하여 이제는 화석어(化石語)가 되어버린 평안도 지역의 옛말을 되살리는 데 그의 소설은 금맥과도 같다. 일례로 「성황당」에서 '순이'가 목욕하며 벗

어놓은 옷을 '긴상'이 숨겨 벌어지는 다음과 대화에서 평안도 지
방의 생생한 일상어를 들을 수 있다.

> "남으 입성은 와 개 갓소? 와 개 가시오?"
> "내래 개 왔나 머!"
> "고롬, 누구래 개 가구! 날래 갯다 달라구요 여보."
> "갯다 입으야디 누구래 갯다 줄꼬?"
> "글디 말구 갯다 주구레 여보!"
> "자 이놈어 송호(성화)야 바더 주나."

비단 토속어 표현에서만이 아니라 인물 혹은 장면 묘사에서
도 정비석은 극사실주의에 가까운 언어 감각을 과시한다. 콩트
「청춘궤도(靑春軌道)」에 나오는 한 자락을 보자.

> 신록의 오월 볕을 함북 먹음은 아스팔트는 해면처럼
> 촉감이 보드럽고, 나부끼는 치마폭의 주름살 사이사이에
> 까지 다새로히 감겨드는 양광은 떨어 보아도 떨어 보아
> 도 작구만 감겨들어서 차라리 안타깝고도 다정스럽다. 치
> 마를 훨-훨 버서 둘레둘레 한 단으로 꿍거 빨래처럼 꽉
> 쥐여짜면 금새 주루룩 소리를 내며 오월 볕이 흘러내릴
> 것만 같다.

필자 혼자 곱씹기에 너무 아쉬워 「성황당」과 함께 신춘문예 2관왕의 영예를 정비석에게 안겨 준 「졸곡제(卒哭祭)」(≪동아일보≫, 1936. 1. 19~22.)의 한 구절을 마저 소개한다.

밥이 보지적보지적하고 잦는 소리가 나자 솥뚜껑 사이로 흐미한 내음새가 코를 스치여 언삼이나 금녀나 똑같이 주먹 같은 침을 억지로 꿀꺽 삼켯다.

매듭 풀이

소설 『자유부인』이 일으킨 사회적 여파는 1958 년 ≪경향신문≫이 '자유부인'이란 단어를 '서三', '사사오입(四捨五入)'과 함께 최근 십 년 새로 생겨난 말로 선정한 데서 단적으로 알 수 있다. 그 정의는 이러했다.

> 자유부인(自由夫人)=전후파(戰後派)형의 놀아나는 유부녀내지 유한 「매담」족을 일컫는 말 정비석 씨가 서울신문에 연재했던 소설 『자유부인』은 그 뒤 영화화되었는데 거기 여주인공인 대학교수 부인은 젊은 대학생에게 「땐스」를 배우고 서투른 양품 장사를 하다가 가짜 사장에게 농락당하며 본처 있는 남자에게 유혹을 당하여 봉변하는 등 남편과 자식을 버리고 가정을 뛰쳐나간 여인에게 톡톡히 단련을 준다. 그러나 끝내는 자유부인도 잘못을 깨닫고 가정으로 돌아오려다 그만…모든 자유부인에게 경고나 하듯…

| 영화 〈뻐꾸기도 밤에 우는가〉의 포스터. 소설 「성황당」을 각색하여 제작한 정진우 감독의 이 영화는 1981년 개봉되었다. 당대 최고 여배우 정윤희가 주인공 역을 맡아 열연했다.

　「성황당」 원작의 영화 〈뻐꾸기도 밤에 우는가〉는 제19회 〈대종상영화제〉에서 무려 9개 부분을 수상하고, 제34회 〈칸영화제〉에도 출품되는 등 그 해 최고의 영화에 등극했다. 봉준호 감독의 〈칸영화제〉 황금종려상 수상보다 무려 40여 년 앞서 〈뻐꾸기도 밤에 우는가〉가 그 무대를 밟은 것이다. 이 같은 성과를 군이 원작 덕으로 돌리지 않더라도 근 반세기를 뛰어넘어 두 차례나 영화화된 사실 자체로 소설 「성황당」의 문예적 가치가 충분히 가늠될 터다.

'아벨'을 찾아서

　　반공 이념이 위세를 떨치던 시절 국산영화제의 효시인 〈대종상영화제〉에 '우수반공영화상' 부분이 있었다는 사실을 기억하는 이는 많지 않다. 그 수상작 중 하나가 "한국영화의 차원을 높인 경악의 명화"로 평단의 찬사를 받은 유현목 감독의 〈카인의 후예〉(1968)다. 황순원의 소설 『카인의 후예』(『문예』, 1953. 9~1954. 3/ 『카인의 후예』, 중앙문화사, 1954)가 그 원작인데, 자유 사상의 고취라는 목적 아래 제정된 제2회 '아시아 자유문학상' 수상작이기도 하다. 전후의 시대적 분위기를 고려하면, 그 문학적 성취와는 별개로 해방기 북한의 토지개혁을 비판적 시각에서 다루었다는 사실만으로도 이들 소설과 영화의 수상 이력은 그다지 놀랄만한 일이 아니다. 황순원이 정비석, 선우휘, 최인훈 등과 함께 대표적인 월남작가라는 사실을 애써 이참에 상기하려는 이유가 여기에 있다.

| 1968년 개봉된 유현목 감독의 영화 〈카인의 후예〉 포스터. 김진규, 문희, 박노식, 장동휘 등 당대 최고 배우들이 출연했다.

소설 『카인의 후예』에서 주인공 '박훈'과 '오작녀'의 동선은 각각 씨줄과 날줄이 되어 이야기를 직조해낸다. 고향에 내려와 야학을 운영하다 해방을 맞은 '박훈'은 토지개혁의 광풍에 휘말린다. 농민위원장이었던 '남이' 아버지가 살해되자 그 자리를 '박훈' 집안의 충직한 마름이었던 '도섭영감'이 차지한다. 인민위원회가 주최한 농민대회를 거치면서 차례로 지주들이 숙청되고 마을 사람들 간 불신의 골은 날로 깊어진다. 급기야 '도섭영감'이 '박훈' 조부의 송덕비를 깨뜨리고 그의 삼촌 '용제영감'의 죽음을 독사에 빗대 저주하면서 '박훈'과의 갈등은 극에 달한다. 이에 '훈'의 사촌이자 '용제영감'의 아들 '혁'은 어린 시절 물에 빠진 자신을 구해준 '도섭영감'을 죽이기로 결심한다. 그 사실을 눈치챈 '훈'은 자신이 '도섭영감'을 살해하는 편이 옳다고 생각하여 앞서 결행하나 오히려 위험에 처하고 만다. 바로 그때 '도섭영감'의 아들 '삼득'이 나타나 '훈'을 구하며 자신의 누나를 데리고 남으로 떠날 것을 부탁한다. '삼득'의 누나는 다름 아닌 '도섭영감'의 딸 '오작녀'다. 그녀는 끝까지 남편에게 가슴을 허락하지 않아 내쫓긴 후 '도섭영감'의 학대에도 굴하지

않고 '박훈'의 집에 거주하며 그를 보살피고 있었다. 지주 계급을 숙청하기 위한 농민대회에서 '박훈'이 위기에 처했을 때는, "우리는 부부가 됐어요"라는 거짓 고백으로 그를 구해낸다. 그렇듯 모성애로 이어진 '오작녀'와 '박훈'은 지주와 마름의 딸이라는 계급의 굴레쯤은 벗은 지 오래다.

시대의 파란 속에 펼쳐지는 남녀의 애절한 사랑 이야기로 읽힐 법한 이 작품을 일각에서 반공문학으로 거론하는 것은 다음과 같은 장면 묘사 때문인지 모른다. '박훈'의 눈에 비친 당시 평양 시내의 풍경은 이러했다.

| 1946년 5월 1일 노동절을 맞아 평양의 노동자들이 마르크스, 엥겔스, 레닌, 스탈린, 김일성의 대형 초상화를 들고 '북조선임시인민위원회' 지지 시위에서 행진하는 모습

경찰서 앞을 지나는데 언제나처럼 소련 지도자들의 초상화가 광장 분숫가에 나란히 자리 잡고 있었다. 그 중

에서도 스탈린의 초상화는 월등하게 컸다. 그 초상 밑에
는 목침만큼씩 한 글자로 이렇게 씌어져 있었다. '약소민
족 해방의 은인이시며 위대하신 지도자 이브 스탈린 대
원수 만세!' 가슴에 달린 금빛 훈장들이 햇빛에 반사되어
위압적인 빛을 발하고 있었다.

　화신백화점 앞을 지나는데 이번에는 거기 2층 벽에다
또 언제나처럼 이남 지도자들의 초상화가 붙어 있었다.
고의로 흉하게 그려놓은 화상들이었다. 그리고 그 밑에는
악의에 찬 욕설이 씌어져 있었다.

　무엇보다도 한국문학사에서 흔치 않게 1946년 북한의 토지
개혁을 소재 삼았다는 사실이 『카인의 후예』를 반공문학의 앞자
리에 세운 결정적 이유일 터다. 그렇다면 황순원은 이 작품에서
그 진상을 어떻게 전하고 있는가?

| 1946년 3월 북에서 실시된 토지개혁 선전
포스터

| 토지개혁의 정당성을 선전하기 위해 '조선
공산당 진남포시위원회'가 제작하여 배포
한 전단

농사꾼들은 거저 논밭을 나눠준다는 말이 도시 미덥지가 않다. 그러면서도 한편 구미가 당기지 않는 바도 아니다. 생각할수록 가슴 설레는 일이다. 그러나 다음 순간 그들은 바라서는 안 될 것이나 바라는 것처럼 죄스러워지는 것이었다. 그 난감한 상황을 모면하려는 듯 그들은 다음과 같은 농을 주고받는다.

"어디선가는 동네 체니(처녀) 총각, 홀애비 과부를 한자리에 모아놓구설랑 참봉쟁이(술래잡기)를 시켰대. 그래개지구설랑 처음에 서루 붙잡은 사람끼리 짝을 붙에주었대."
"그러다 이갑성이가 분디나뭇집 할마니를 붙들믄 제격일라."
탄실이 아버지의 말에 웃음이 터졌다.
분디나뭇집 할머니는 칠순이 넘은 과부요, 갑성이는 올해 갓 스물 난 총각이었다.
모두들 필요 이상으로 큰 웃음이요, 필요 이상으로 긴 웃음이었다. 그것은 그렇게 함으로써 요즘 자기네를 어지럽히는 생각을 감싸보기라도 하려는 듯한 웃음이었다.

토지개혁은 그렇듯 소작농들조차 납득하기 어려운, 쑥스러운 기대를 한껏 부풀린 사건이었다. 물론 지주들에게는 난데없는 소동이자 공포였다. 부재지주 '윤주사'는 부족한 금액은 쌀로

갚는다는 조건을 달아 뒷거래를 함으로써 자신의 땅을 지키려 안간힘을 쓴다. 그러나 지주들의 숙청이 본격적으로 행해지자 소작농들의 잠재된 욕망은 거세게 타오른다. 그들은 지주의 집을 수시로 염탐하며 마치 본래 자신의 것인 양 세간살이는 물론 대패와 농기구 등을 거리낌 없이 훔쳐낸다. 그런가 하면 장차 분배되리라 믿는 토지가 전이냐 답이냐를 두고 한껏 신경을 곤두세운다. 짜장 카인의 후예로서 그 본색을 드러낸 것이다. 『카인의 후예』를 반공문학이라는 틀에 결코 가두어서는 안 되는, 가둘 수 없는 이유는 그 비극의 현장을 목격한 이가 아니라면 전할 수 없는 이 같은 사실성 때문이다. 도리어 이 작품은 반공문학의 이념에 반하는, 목적문학으로서는 감히 꿈꿀 수 없는 역사적 진실을 이렇듯 증언하고 있다.

| 1946년 3월 평안남도 평원군에서 열린 '토지개혁총결경축대회'

우리 근대의 루저들

| 페테르 루벤스의 「카인이 아벨을 죽이다」(1608~1609). 카인은 구약성서 창세기에 나오는 아담과 하와의 큰아들이다. 겉으로 드러난 아름다움보다 정성을 원하셨던 하느님은 농부 카인의 수확물보다 목동 아벨의 제물을 더 기뻐받으셨다. 이에 질투를 느낀 카인은 동생 아벨을 몰래 꾀어내어 돌로 쳐 죽였고, 하느님은 영원한 유랑 생활이란 벌을 카인에게 내렸다.

기독교 성서에 등장하는 '카인'은 인류 최초의 친족 살인자이자 농군이다. 『카인의 후예』의 소작농과 지주는 땅에 붙박여 동족 살해를 서슴지 않는다는 점에서 모두 그의 후손인 셈이다. 그들은 사람을 먹여 살릴 곡식의 생산을 위해 땅을 일구는 동시에 그 땅을 지키기 위해 목숨을 빼앗는 모순에 기꺼이 굴복한다. 작자 황순원이 '카인의 후예'라 이 작품을 명명한 이유일 것이다. 토지 개혁이라는 역사적 사건이 비단 한민족의 비극만은 아니라는 이야기다. "누구의 잘못이 아닙니다. 모두가 세월 탓인걸요"라는 '박훈'의 말처럼 본시 인류의 운명이자 원죄가 그러한 모양새인 것이다. 하여 이에 "아니다. 세월이야 어찌 됐든 사람의 마음이야 어데 가갔나. 사람으루서 할 줏과 못할 줏은 고금을 통해서 변할 리 없거든"이라는 '당손' 할아버지의 응대는 안타까움을 넘어 공허하게 들린다. '당손' 할아버지의 바람이 무색하게도 현실은 사람의

마땅한 도리를 늘 그렇듯 외면하고 달아나기 십상이다.

| 1954년 중앙문화사에서 간행된 황순의 장편소설 『카인의 후예』 표지

　월남한 황순원에게 지금 이곳 남한 땅 역시 겉으로는 자유의 세상이었으나 카인의 후예들로 득실대기는 마찬가지였다. 그가 찾고자 한 '아벨'은 지금 이곳이 아닌 '그때 그곳', 탐욕과 질투의 피칠갑 이전 인류 모두의 본향이었으리라. '삼득'이 감시하려 했던 것이 아니라 지켜주려 했다는 사실을 비로소 알게 된 '박훈'이 '오작녀'에게로 향하는 장면에서 이 작품이 멈춘 이유가 이로써 짐작된다. 후일 역사는 두 남녀가 월남에 성공했다고 한들 그것이 비극의 끝이 아닌 또 다른 시작이었다고 말한다. 황순원 또한 이를 몰랐을 리 없다. 『카인의 후예』를 쓰기 두 해 전 발표한 「곡예사」(『문예』, 1951. 5)에서 그는 월남 후 겪은 또 한 번의 비극을 이야기한다.

| 1952년 명세당에서 발간된 황순원 소설집 『곡예사』의 앞뒤 표지. 단편 「곡예사」가 수록된 이 작품의 장정은 화가 김환기가 맡았다.

한국전쟁이 발발하고 가장인 '나'는 일가족 6명을 이끌고 대구로 내려가 모 변호사 저택 헛간에 거처를 구한다. 그러나 얼마 되지 않아 헛간에 구공탄을 들여야 한다는 이유로 내쫓긴다. 이후 부산으로 내려가 역시 변호사가 주인인 집의 곁방을 얻지만 이내 쫓겨날 처지에 놓인다. 방을 구할 때까지만 머물게 해달라는 '나'와 가족의 애걸에도 집주인은 전기마저 끊어버린다. 독촉을 피하려고 '나'와 가족은 낮에는 방을 비우고 밤에만 모이는 생활을 이어간다. 아이들은 깜깜한 밤이 되어서야 돌아왔다. 두 아이는 어미 아비와 조부모 앞에 품속에 넣어 가지고 온 담배 보루며 껌곽을 솜씨 빠르게 꺼내 놓는다. '나'는 도리어 그 익숙한 손놀림이 슬퍼서 견딜 수가 없다. 큰 놈 '동아'는 이렇게 말하면 잘 팔아 준다고 하면서 '플리즈 쎌 투 미'하고 영어 회화를 해 보인다. '쎌 투 미'가 아니고 '쎌 투 미'라고 '나'는 고쳐 준다.

'남아'는 참 약은 자식 하나 봤다며 이런 이야길 지껄여댄다.

어떤 꼬마 하나가 붙잡히게 되니까 귀까지 물이 잠기는 거리 논바닥에 번듯이 나가 자빠졌다. 이 꼬마의 품 안에는 몇 원의 군표가 들어 있다. 꼬마의 이 모양을 저편에서 한참이나 내려다보다가 도리어 걱정되는 듯이 배를 몇 번 꾹꾹 찔러 보는데, 그래도 꼬마는 아는 체를 않고 그냥 눈을 뒤집어 솟은 채 입을 대고 히물거렸다. 지랄병이라도 있는 놈인 줄 알고 결국에는 저편에서 훌훌 가버리고 말더라는 것이다. 그 말은 들은 '나'는 몇 원의 군표를 위해서 그 꼬마처럼 '남아'도 지랄을 해야 할 걸 생각한다.

「곡예사」에서 황순원은 이렇듯 자신의 피란살이 체험을 가감 없이 전한다. 소설의 형식을 빌었다 뿐이지 수기나 다름없다. 실제로 황순원은 결말에 이르러 자신의 실명을 드러내며 가장으로서의 비애를 숨기지 않는다.

그러다가 문득 나는 곡예사라는 말을 떠올렸다. 오라, 지금 나는 경아를 어깨에 올려 놓고 곡예를 하는 것이다. 그러고 보면 경아도 내 어깨 위에서 곡예를 하고 있는 것이다. 선아도 나비의 곡예를 했다. 남아는 자전거 곡예를 했다. 이 남아가 이제 몇 원의 군표를 위해 그 꼬마와 같은 지랄을 해야 하는 것도 일종의 슬픈 곡예인 것이다. 그리고 동아의 <플리즈 쌜 투 미>도 그런 곡예요, 이들이 가슴이나 잔등에서 또는 허리춤에서 담배보루며 껌곽을 재빨리 꺼내고 넣는 것도 훌륭한 곡예의 하나인 것이다. 이렇게 해서 이들은 황순원 곡예단의 어린 피에로요, 나는 이들의 단장인 것이다.

사선을 넘어 도착한 38선 아래 세상에서 민족상잔의 난리를 겪게 된, 여우 피하려다 되려 호랑이 만난 피호봉호(避狐逢虎)의 상황에서 황순원의 소망은 소박하기 그지없다.

"그저 원컨대 나의 어린 피에로들이여, 너희가 이후에 각각 자기의 곡예단을 가지게 될 적에는 모쪼록 너희들의 어린 피에로들과 더불어 이런 무대와 곡예를 되풀이하지 말기를 바란다."

『카인의 후예』의 두 주인공 '박훈'과 '오작녀', 그네들의 탈향(탈출?!)이 시련의 역사 위에 올라선 여정의 시작이었다 할지라도, 그것을 사랑이라는 불씨로 지핀 희망이라 부러 믿어야 할(믿고 싶은) 이유를 「곡예사」의 '나' 황순원은 이렇듯 앞서 깨쳤다.

매듭 풀이

얼마 전까지 정치권에서 빈번하게 회자되었던 낱말 중 하나가 '종북'이다. 사전적 정의에 따르면 이 말은 북한의 집권 정당인 조선노동당과 그 지도자의 정책, 이념 따위를 추종하는 일을 뜻한다. 불과 십여 년 전만 해도 종북이라는 낱말 대신 급진적 좌익 사상으로 기울어짐을 뜻하는 '좌경' 혹은 공산주의를 용인한다는 뜻의 '용공'이라는 낱말이 자주 언급됐다. 북한의 주체사상을 지도 이념으로 삼은 남한의 반체제 운동 세력을 가리키는 '주사파'라는 말 역시 유사한 맥락에서 빈번히 사용되곤 한다. 급진적인 좌파 계열의 정치 세력을 비난하는 데 쓰인 이들 용어는 한국전쟁 전후 좌우익 대립에 그 뿌리가 닿아 있다. 이들 말의 조상 격이라 할 '빨갱이' 또한 여전히 위력을 발휘하며 사람들 입에 오르내린다. 공교롭게도 이 빨갱이란 말의 대척점에서 자유와 짝을 이루었던 '반공'이란 낱말의 경우 제도권 교육에서 한참 전에 밀려났다. 그 결과 우익의 대항 이데올로기가 유물이 되어 잊힌 자리, 좌익을 향한 비판 담론만이 남게 되었다.

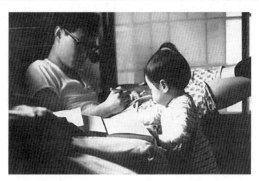

| 「곡예사」에 등장하는 '동아'의 실제 모델 시인 황동규와 할아버
지 황순원의 향수를 증언한 손녀 황시내

평양에서 40리 떨어진 평남 대동군 재경면 빙장리, 곧 작자 황
순원의 고향이 그 무대라는 사실에서 알 수 있듯이 『카인의 후예』는
작자의 자전적 사실에 기대고 있다. 일가가 월남할 수밖에 없었던,
다시 말해 그가 월남작가 명단에 이름을 올릴 수밖에 없었던 속사정
이 담긴 작품인 것이다. 황순원의 손녀는 겉으론 전혀 내색하지 않
지만 언제나 '지금 이곳'에 뿌리박지 못했다는 불안을 안고 살아온
존재로 조부를 기억한다. 그는 술을 마실 때면 언제나 이차로 평양
빈대떡을 부쳐주는 주점으로 향했고, 친척들이 모일 때면 늘 주교동
의 허름한 음식점에서 평양냉면과 불고기를 먹곤 했다.

작가	작품	발표지
최서해	「탈출기」	『조선문단』, 1925. 3.
	「박돌의 죽음」	『조선문단』, 1925. 5.
	「홍염」	『조선문단』, 1927. 1.
	「기아와 살육」	『조선문단』, 1925. 9.
홍명희	『임꺽정』	임거정전, ≪조선일보≫, 1928. 11. 21~1929. 12. 26.
		임거정전, ≪조선일보≫, 1932. 12. 1~1934. 9. 4.
		화적임거정, ≪조선일보≫, 1934. 9. 15~1935. 12. 24.
		임거정, ≪조선일보≫, 1937. 12. 12~1939. 7. 4.
		임거정, 『조광』, 1940. 10.
한설야	『황혼』	≪조선일보≫, 1936. 2. 5~10. 28.
	「혈로」	『우리의 태양』, 북조선예술총련맹, 1946.
심 훈	『상록수』	≪동아일보≫, 1935. 9. 10~1936. 2. 15.
백석	「그 모와 아들」	≪조선일보≫, 1930. 1. 26~2. 4.
	「마을의 유화」	≪조선일보≫, 1935. 7. 6~20.
	「닭을 채인 이야기」	≪조선일보≫, 1935. 8. 11~25.

이기영	『고향』	≪조선일보≫, 1933. 11. 15~1934. 9. 21.
김기진	「붉은 쥐」	『개벽』, 1924. 11.
	「해조음」	≪조선일보≫, 1930. 1. 15~7. 24.
	『심야의 태양』	≪동아일보≫, 1934. 5. 3~9. 19.
김정한	「사하촌」	≪조선일보≫, 1936. 1. 9~23.
	「항진기」	≪조선일보≫, 1937. 1. 27~2. 11.
	「추산당과 곁사람들」	『문장』, 1940. 1.
	〈인가지〉	『춘추』, 1943. 9.
현 덕	「남생이」	≪조선일보≫, 1938. 1. 8~25.
	「경칩」	≪조선일보≫, 1938. 4. 10~23.
	「두꺼비가 먹은 돈」	『조광』, 1938. 7.
채만식	「레디메이드 인생」	『신동아』, 1934. 5~7.
	「치숙」	≪동아일보≫, 1938. 3. 7~14.
허 준	「탁류」	『조광』, 1936. 2.
	「야한기」	≪조선일보≫, 1938. 9. 3~11. 11.
	「습작실에서」	『문장』, 1941. 2.
	「잔등」	『대조』, 1946. 1~4/『잔등』, 을유문화사, 1946.
김동리	「두꺼비」	『조광』, 1939. 8.
	「윤회설」	≪서울신문≫, 1946. 6. 6~26.
	「검군」	≪연합신문≫, 1949. 5. 15~27.

정비석	「성황당」	≪조선일보≫, 1937. 1. 14~26.
	『자유부인』,	≪서울신문≫, 1954. 1. 1~8. 6.
	『명기열전』	≪서울신문≫, 1974. 4. 2~1979. 2. 28.
황순원	『카인의 후예』	『문예』, 1953. 9~1954. 3/ 중앙문화사, 1954.
	「곡예사」	『문예』, 1951. 5.

저자 | 김병길

연세대학교에서 한국근현대소설을 공부한 후 숙명여자대학교에서 가르치고
연구하는 중이다. 저서로 『우리말의 이단아들』(글누림), 『정전의 질투』(소명출판),
『역사문학 속(俗)과 통(通)하다』(삼인), 『역사소설, 자미(滋味)에 빠지다』(삼인)가
있다.

우리 근대의 루저들

초판 1쇄 인쇄 2020년 9월 29일
초판 1쇄 발행 2020년 10월 12일

지은이   김병길
펴낸이   최종숙
펴낸곳   글누림출판사
편 집   이태곤 문선희 권분옥 임애정
디자인   안혜진 최선주 김주화
마케팅   박태훈 안현진

주소   서울시 서초구 동광로46길 6-6 문창빌딩 2층 (우-06589)
전화   02-3409-2055(대표), 2058(영업), 2060(편집)
팩스   02-3409-2059
전자메일   nurim3888@hanmail.net
홈페이지   www.geulnurim.co.kr
블로그   blog.naver.com/geulnurim
북트레블러 post.naver.com/geulnurim
등록번호   제303-2005-000038호.(2005.10.5)

정가는 뒤표지에 있습니다.
ISBN 978-89-6327-622-9   03810

＊이 도서의 국립중앙도서관 출판예정도서목록(CIP)은 서지정보유통지원시스템 홈페이지(http://seoji.nl.go.
kr)와 국가자료종합목록 구축시스템(http://kolis-net.nl.go.kr)에서 이용하실 수 있습니다.
(CIP제어번호 : CIP2020040346)